내 옆에 앉은 아이

아루하 지음

FOREST
WHALE

차 례

작가의 한마디 _4

01. 두 아이의 만남   _8

02. 서로를 위하는 마음   _56

03. 오직 한 사람을 위해   _113

04. 진영과 수희, 수희와 진영 _165

작가 기록 _216

작가의 한마디

70년대 배경으로 가의(볏짚으로 만든 우비)를 입은 할머니. 깊은 산 속에 위치한 수희의 집. 지금보다 더 빈부의 격차가 심했던 시절의 왕따. 촌지의 시대 이 모든 것은 수희라는 재능이 있으나 꽃 피우지 못한 불쌍한 아이를 설정하기 위한 장치가 되어주었다.

수희는 힘든 자신의 삶을 비관하기 보다는 긍정적으로 받아들였다. 부모가 없는 아이라는 딱지와 마을에서 가장 허름한 집에 산다는 이유만으로 주위로부터 따가운 시선을 받는다. 사회의 무관심 속에서 홀로 버티는 모습은 과연 현실에 있을까 의문스럽기는 하지만, 당시에는 흔했다. 육성 회비가 존재했던 시절이었다. 학교에 가기 위해서는 돈을 내야 했던 그때 그 당시. 수희는 다른 사람이 도와주는 돈 없이는 먹고, 입고, 자고 심지어 배움까지 할 수 없었다.

그런 수희는 할머니의 따뜻한 가르침 속에 산다. 가족이라는 따뜻함을 주시고, 수희에게 도움을 받는 것에 대한 부끄러움이 아니라 당당히 사는 법을 가르쳐 준다. 지금도 수희와 같은 아이들은 존재한다. 단지 보이지 않을 뿐이고, 음지에 있어서 TV에서나 본다고 생각할지도 모르겠다. 그러나 알고 보면 옆집이나 앞집일 수도 있고, 그 어디에나 있다.

[내 옆의 앉은 아이]를 집필하면서 나는 수희에 심취해 있었다. 이 아이의 고단한 삶을 표현하고 있었으나 사실은 그녀가 행복했을 지도 모른다는 생각을 했다. 수희의 꿈을 응원해주는 진영 때문이다. 어린 진영의 극진한 사랑은 그녀가 사회로부터 분리되는 것을 막아주는 연결 고리이기도 했다. 진영의 부모님은 소설이라는 창작의 장소에만 있는 사람이 아니다. 초록 우산, 세이브더칠드런, 적십자 같은 곳에 소속된 회원 혹은 보이지 않는 곳에 숨은 천사들은 어디에나 있다. 수희는 비록 책 속의 한 인물이지만, 창작을 통해 만들어진 캐릭터가 아닌 이 사회를 구성하는 한 명이다.

이 책을 통해 수희와 비슷한 환경에 있는 아이들을

생각했으면 좋겠다. 나는 [내 옆에 앉은 아이]를 쓰면서 가슴 아프기도 했고, 진영의 헌신적인 사랑을 쓰면서 행복했다. 왕따를 하는 아이, 방관하는 아이. 그 중에는 친구를 위해 내 시간을 나누는 아이도 분명 존재한다. 그렇기에 이 세상이 돌아가는 것은 아닐까?

01.
두 아이의 만남

　진영과 수희가 만난 것은 국민학교 1학년 입학식 때였다. 그날 비가 많이 와서 강당에서 입학식을 하고, 교실로 이동했다. 마지막으로 들어온 아이는 푸석푸석한 긴 머리, 체구보다 큰 옷, 낡은 책가방을 메고 들어온 수희였다.

　수희가 입구에 들어서자마자 친구들은 마치 짜기라도 한 것처럼 빈자리를 찾아 앉았고, 행여 수희가 옆에 올까 봐 자기 옆에 다른 친구들을 앉혔다. 우연인지 몰라도 빈자리는 진영의 옆이 되었다. 여전히 빈자리를 찾지 못하는 수희가 찾기 쉽게 손을 들려는 찰나 먼저 앉아버렸다.

　"음. 음. 앉았네."

　진영은 민망함에 얼굴이 붉어졌고, 그 모습을 보던 친구들은 소리내 웃기 시작했다. 때마침 들어온 교사는 반 분위기가 이상하다 생각되었는지 주위를 둘러 보았다.

"무슨 일 있나요?"

서로 눈치만 보던 아이들 사이에 한 친구가 소리쳤다.

"아니요."

헛기침을 두어번 한 교사는 교탁을 긴 막대기(지시봉)로 탁탁 두드렸다. 순식간에 웅성거림이 멈췄다.

"조용히 하세요. 저는 1년 동안 여러분과 함께 생활할 박옥순입니다."

칠판의 본인 이름이라면서 한자로 쓰더니, 양손을 모으고 인사했다. 다음으로 번호순으로 이름을 부르며 얼굴과 이름을 기억하려 애썼다.

"자, 여러분 오늘은 자리를 정해야 해요. 어떻게 할까요?"

그녀는 학생들을 둘러보며 의견을 물었다. 마치 짜기라도 한 것처럼 자리 바꾸는 것에 반대했고, 교사는 고개를 끄덕이며 학생들의 의견을 존중해 주었다. 내일 가져와야 하는 책과 준비물 그리고 가정통신문을 나눠준 다음 학부모들을 향해 질문이 있느냐고 물었다. 의외로 질문이 많아 지루한 입학식이 되었다. 입학식이 끝났다는 교사의 말에도 학부모들은 떠나지 않고, 아이와 함께 따로 교사에게 인사했다.

진영의 부모님도 마찬가지였다. 그때 선생님께 인사하는 부모님 뒤편에 홀로 교실을 빠져나가는 수희가 보였다. 억수같이 쏟아지는 비에도 놀라지 않고, 평소 걸음 대로 걸어가는 모습은 비 맞는 게 오늘이 처음이 아니라는 것을 여실히 말해주었다. 비가 오는 운동장을 우산도 없이 걸어가는 수희의 뒷모습은 오랫동안 진영의 머릿속에서 떠나지 않았다.

특별할 게 없는 학교생활이 시작되었고, 며칠 후 미술 시간이 되었다. 그날 준비물은 색연필이나 사인펜 그리고 스케치북이었다. 대부분의 친구는 자기들이 가져온 준비물을 책상에 올려 둔다고 분주한 가운데 수희는 스케치북 대신에 줄이 없는 연습장과 연필을 쥐고 있었다. 진영은 무심한 듯 스케치북 한 장을 찢어 지저분한 부분을 가위로 오려냈다. 그러고는 색연필과 함께 옆으로 쓱 밀었다.

"넌 이거 써. 나는 사인펜이면 충분해."

수희는 거절하지 않았다. 고맙다는 말도 없었다. 그

저 웃을 뿐이었다. 그 미소가 진영을 행복하게 만들었다. 같은 반에서 같은 책상 옆자리에 있으면서도 한 번도 수희의 웃는 모습을 본 적 없던 진영에게 그 미소는 천사처럼 보였다.

"와, 예쁘다."

분명 혼잣말이라 생각했는데, 아니었는지 수희가 내 쪽을 쳐다봤다.

"응?"

혼잣말을 수희가 들었다는 사실에 고개를 들 수가 없었다. 그러나 수희의 웃는 얼굴이 더 보고 싶었기에 수업하는 내내 곁눈질로 바라보았다. 그러나 수희는 관심이 없었다. 맨날 흙바닥에 그리던 그림을 스케치북에 그릴 수 있다는 사실이 너무 좋았기 때문이다. 형편이 어려웠기에 스케치북과 색연필, 사인펜은 사치였다. 눈치를 알게 된 시점부터 포기를 먼저 배우고, 베풀어 주는 것에 감사함부터 배웠기에 진영의 호의를 기꺼이 받았다.

할머니께서는 늘 말씀하셨다.

"남에게 얻어먹고, 얻어 입고 하는 것에 부끄러워할 필요 없다. 가난한 것은 죄가 아니니 나중에 커서 너도 똑같이 베풀면 그게 바로 은혜 갚는 길이란다."라고.

그랬기에 진영이 준 것을 그냥 받았다. 고맙다는 말은 못 했다. 아직은 부끄러웠다. 미술 시간이 끝나고 나서야 비로소 고맙다는 인사를 했다. 아주 작은 소리였다. 그 말을 용케 알아듣더니 이번엔 내 귀에 대고 속삭이기 시작했다. 너무 작은 목소리에 귀가 간지러워 자꾸만 고개가 내려갔다. 그걸 또 따라 고개를 숙이며 하는 말은 의외였다.

"그러면 네 그림, 나 주면 안 돼? 대신에 내가 다른 준비물까지 빌려줄게."

처음엔 이 아이도 동네에서 자신을 놀리는 다른 아이들과 다르지 않을 거라는 생각을 했다. 그러나 내 그림을 보며 연신 '우와'를 외치는 모습에 진심이라는 것을 알았다. 그래서 흔쾌히 수락했다. 어차피 가져가 봐야 봐 줄 사람도 없으니, 무슨 상관일까 싶기도 했다.

"응."

서로 주고받는 것이니 베풀고 베풂을 받는 것도 아니라고 생각이 들었다. 그렇게 진영의 도움으로 준비물을 준비하는 수업도 부담 없이 보낼 수 있었다.

12

문제는 3학년부터였다. 도시락을 싸야 하는데 수희는 부모님이 없었고, 할머니는 힘든 상황이었다. 그래서 운동장 구석에서 혼자 놀다 점심시간이 끝나면 교실에 들어가는 것을 선택했다. 그런 모습을 가지고 아무도 왈가왈부하는 사람은 없었다. 반 아이들은 누구도 관심이 없었고, 교사라도 다르지 않았다.

교사들은 수희의 담임이 되는 것을 꺼렸다. 하고 다니는 행색 때문에 아이들이 함께 놀지 않으려 했고, 준비물은 물론 보호자도 분명치 않아 서류 정리하려면 힘들었다. 이런저런 이유로 수희의 담임이 된 교사는 매 학기가 바뀔 때마다 진영을 불렀다.

"네가 작년에 수희와 짝이었지? 어땠어?"

"저는 좋았어요."

"다시 짝이 되어도 좋아?"

"네. 저는 좋아요."

교사는 내 대답에 흡족해 했고, 다시 수희와 1년간 짝이 될 수 있었다. 이상하게 학기 때마다 수희와 진영은 같은 반이었다. 그러던 어느 날 수희가 도시락을 싸오지 못해 굶고 있다는 사실을 알게 되었다. 몰래 수희의 뒤를 따라가 나도 모르게 말했다.

"저기 내 밥 좀 먹어줘. 안 먹으면 엄마한테 혼나. 학교 오는 길에 배고파서 빵 사 먹었는데, 그게 좀 많았나 봐. 지금 배가 안 고파서 그런데, 부탁 좀 하자."

배부르다는 시늉을 하는 내 모습을 한참 쳐다보기만 했다. 그러나 본능은 어쩔 수 없었다. 수희는 배에서 나는 '꼬르륵' 소리에 뭐라 말하지도 못하고, 허겁지겁 도시락을 먹었다. 막 '천천히'라는 말을 하려는 순간 눈치 없게 내 뱃속에서 '꼬르륵' 소리가 났다.

"거짓말쟁이."

순식간에 차가워진 분위기. 수희는 수저를 내려놓고 노려보기 시작했다. 꽤 큰 눈이 가늘어지면서 매섭게 쳐다보자 본인도 모르게 몸이 움츠러들었다.

"아, 아니야. 거짓말. 아까는 진짜 배불렀어."

그러나 이미 기분이 상했는지 먹던 것을 내려두고 교실로 쌩하니 가 버렸다. 그날 오후 비가 왔다. 오늘도 우산 없이 갈 수희가 걱정되어 뒤를 따라갔다. 가는 동안이라도 우산을 씌워주고 싶었기 때문이다.

"아직도 화났어?"

옆에서 함께 걸으면서 우산을 씌워주고 있었으나 이미 수희는 비에 홀딱 젖어 있었다. 아직 여름이 오기 전이라 오들오들 떠는 모습이 안쓰럽기만 했다. 옷을 벗어주고 싶었지만, 내 옷도 젖어 있기는 매 한가지였다.

"미안해. 진짜 거짓말 아니었어. 그게 그러니까 일부러 거짓말한 거 진짜 아니라니까. 아까는 진짜 배불렀어. 원래 간식 많이 먹으면 배고픈 거 잊어 버리잖아."

"그래? 나는 간식 많이 먹어본 적이 없어서 전혀 이해가 안 가네."

꼬인 말투에 화가 잔뜩 묻어났다. 그보다 동네를 거의 빠져나왔음에도 걸음을 멈추지 않는 게 더 걱정되었다. 비로 인해 컴컴해진데다 한 번씩 번쩍거리는 천둥소리에 심장이 함께 쿵쾅거렸다. 게다가 거침없이 산길을 오르기 시작하는 모습에 자신을 놀리려나 생각이 들어 물었다.

"근데 너희 집 어디야?"

내 귀에도 뚜렷이 들리는 떨림에 괜히 물었다 후회했다.

"무서우면 너희 집 가. 너한테는 우리 집 안 가르쳐 줄 거야."

진짜 기분이 상했는지 더 빨리 걷기 시작하는 걸음

을 따라 자신도 바삐 발을 움직였다. 산 중턱까지 올라갔어야 수희 집을 겨우 볼 수 있었다. 멀리서 보기에도 아주 낡은 초가처럼 보였다. 그 입구에서는 할머니 한 분이 짚으로 만든 모자인지 외투인지 모르는 것을 쓰고 지팡이를 의지해 서 있었다.

"수희 왔니?"

"응. 할머니. 뭐 하러 나와 있어? 저번처럼 감기 걸리면 어쩌려고? 빨리 들어가."

수희가 흙탕물이 튀는 것도 잊고, 할머니 곁으로 뛰어갔다. 그 모습에 덩달아 뛴 내 옷도 흙탕물로 더러워지고 말았다. 그러나 그것을 신경 쓰다가 놓치느니, 얼른 뒤쫓는 걸 선택했다.

"안녕하세요. 이진영에요. 수희 친구에요."

부끄러움을 참으며 내심 잘 보이고 싶다는 생각에 큰 소리로 인사를 하고 고개를 들었다. 그러나 할머니는 이미 들어가고 없었다. 못 들었나 해서 문 앞에서 다시 큰 소리로 소리쳤다. 그때 할머니께서 말했다.

"수희야, 밖에 누구 왔니?"

"아, 친구 왔어. 신경 쓰지 마. 금방 갈 거니까 할머니는 방에 얼른 들어가."

"네 친구이면 3학년 아니야? 이렇게 비 오는데, 이 산 중에 혼자 어떻게 가. 비 좀 있으면 금방 그칠 것 같으니 조금 있다 가라고 해."

"응. 그럴게."

수희 말은 잘 알아들으면서 내 말은 전혀 못 알아듣는다는 게 믿을 수가 없었다. 무엇보다 수희가 어디 있는지는 아는 것 같은데, 나는 보이지도 않는 것처럼 행동했다. 어린 마음에 속상했던 나머지 다시 아주 큰 소리로 인사했다. 그러자 수희가 '픽'하고 웃었다.

"우리 할머니 잘 못 들으셔. 눈도 거의 안 보이시고. 너 못 본 척한 게 아니라 진짜 못 보신 거니까 그만해도 돼."

"그래? 진작 말해주지."

머쓱하게 머리를 긁적이는 진영을 보자 그만 화가 풀리고 말았다.

"기다려. 먹을 거 있나 부엌에 가 볼게."

"아니야. 안 가져와도 돼. 도시락 먹지 뭐."

"그럼, 더 기다려. 내가 밥이랑 국 가져올게. 나랑 같이 먹자."

수희는 여린 솜씨로 미역국과 쉰 김치를 둥근 밥상

에 가지고 들고나왔다. 진영은 벌떡 일어나 밥상을 가지고 툇마루에 앉았다. 그제야 집이 눈에 보이기 시작했다. 오래된 초가인 이곳은 교과서에나 본 적 있는 옛날 집이었다. 냉장고도 없고, TV도 없었다. 문은 창호지였고, 부엌은 커다란 나무문을 열고 들어가야 했으며, 화장실은 재래식인 듯 마당 한 구석에 자리하고 있었다. 방은 두 개였으나 살짝 열린 틈으로 보이는 방에는 이불과 책상 하나가 전부였다.

"집 구경 다했으면 어서 먹어."

"응? 응."

한눈파는 사이 나름 상을 차렸다고 말하는 수희는 할머니 앞에 수저를 놓고 고사리 같은 손으로 반찬을 숟가락에 올려주고 있었다. 언제 꺼냈는지 내 도시락도 이미 차려져 있었다. 오늘 도시락 반찬은 분홍 소시지와 계란말이였다. 문득 수희가 만든 음식이 궁금해 몰래 먹어보았다. 밋밋할 줄 알았던 미역국이 내 입맛에 꼭 맞았다. 마치 새로운 맛을 발견한 것처럼 허겁지겁 먹다 엄마가 만든 쇠고기 미역국과 수희 앞에 놓인 미역국의 위치를 바꾸었다.

"네가 우리 엄마가 만든 거 먹어. 이거 쇠고기 듬뿍

들어간 거야. 나는 네가 만든 거 먹을래. 진짜 맛있어."

"거짓말."

"애가 맨날 거짓말쟁이라고 하네. 아니거든. 나는 맛있는 것만 맛있다고 해. 거짓말 못 하거든."

진영은 자기 말에 증명이라도 하듯이 국을 단숨에 마셔 버렸다.

"국 더 없어?"

"응?"

여전히 의심을 풀지 않고 쳐다보고 있으니, 나를 재촉했다.

"나, 아직 배고파. 좀 더 줘. 응?"

비워진 국그릇을 내 손에 쥐어 주다 말고, 자신이 자리에서 일어나 부엌으로 들어가려고 했다. 진영을 만류하고 일어났다.

"알았어. 조금만 기다려."

기분이 이상하게 좋았다. 신난 마음에 커다란 그릇에 떠 온 국을 내려놓으며 놀리듯 말했다.

"맛있게 먹어. 많이 먹고."

"우와! 다 퍼온 거야?"

"응. 다 퍼온 거니까 다 먹고 가라."

골탕 먹일 요량이었지만, 오히려 신나 있었다. 단숨에 밥을 말더니 부족하다고 생각한 건지 내 밥까지 반 덜어가 진짜 맛있게 먹었다. 진영은 평소에도 미역국을 좋아했기에 더할 나위 없이 행복한 밥상이었다. 그리고 쉰 김치, 평소였다면 쳐다보지도 않았을 텐데 한 입 먹어본 김치는 이상하게 입맛에 맞았다.

"맛있게 잘 먹었다."

배가 동그랗게 나오는 모습이 진짜 배불러 보였다. 좀 앉아 있다고 생각했는데 곧 벌러덩 눕더니 트림했다. 놀란 듯 쳐다보니 괜히 딴짓하며 사과하는 모습에 웃고 말았다. 비는 어느새 그쳤고, 둘은 나란히 비좁은 은색 원형 밥상에 앉아 숙제를 같이했다.

"너 집에 가야지. 좀 지나면 진짜 깜깜해져. 내가 요밑에까지 데려다줄게."

"어? 아냐. 나 혼자 갈 수 있어."

호기롭게 말한 거와 달리 무서웠다. 제발 눈치채지 않길 바랐지만, 금방 들통났다.

"진짜?"

"아마도?"

애매한 답변에 서둘러 수희는 한숨을 쉬며 정리하

기 시작했다. 어쩔 수 없다는 듯이 같이 가방을 챙겨 들었다. 마음은 여전히 가고 싶지 않았다. 가지 않으려는 진영을 재촉해 서둘러 산을 내려가기 시작했다. 그때 동네가 막 시작하는 시점에서 진영의 아버지 석민을 만났다.

"진영이 너!"

많이 찾아다녔는지 석민은 이마에 땀이 송골송골 맺혀 있었다.

"잘못했어요."

내 뒤에 숨어 말하는 진영이 걱정되어 서둘러 앞에 나서서 인사했다.

"안녕하세요. 류수희에요. 진영이 같은 반 친구예요."

이름을 들은 석민은 표정이 풀렸다.

"네가 류수희구나? 듣던 대로 예쁘게 생겼구나."

"네? 저를 아세요?"

궁금하다며 커다란 눈망울을 반짝이는 모습에 딸을 만들고 싶다는 충동이 들었다. 왜 아들만 셋인지 이런 예쁜 딸이 있다면 얼마나 좋았을까 순간 생각했다. 그러나 이내 정신을 차리고 답했다.

"당연하지. 진영이가 말이지."

막 답을 하려는 찰나 진영이 나서서 말을 잘랐다.

"아부지. 집에 가요."

석민은 있는 힘껏 등을 밀고 있는 아들의 힘에 밀려 주는 척했다.

"수희, 집에 데려다주고 가야지. 이 밤에 혼자 가라고 하는 건 아니지 않니?"

"아, 그렇지. 네. 아부지."

잠깐 사이에 표정이 왔다 갔다 하는 아들의 모습이 낯설고 귀여웠다. 며칠 이걸로 놀려 먹을 수 있다는 생각에 웃음이 나기도 했다.

석민은 동네에서 워낙 유명해서 모르는 사람이 없었다. 무슨 일만 생기면 동에 번쩍 서에 번쩍 나타나 맥가이버 저리 가라는 솜씨로 일을 해결해 주시는 분이라고 알고 있다. 게다가 동사무소에서 일하는 공무원이라는 것도 들었다.

"저 혼자 갈 수 있어요. 아저씨."

괜히 폐 끼치는 것 같은 생각에 거절했다. 그런데 오히려 석민은 내 걱정을 했다.

"저 위에까지 혼자 간다고? 이 밤에?"

"우리 집을 아세요?"

마치 아는 것처럼 말하는 말투에 오히려 신기했다.

"당연히 알지. 내가 이 동네에 모르는 곳이 있을까? 그치? 진영아."

"없죠. 아부지가 모르는 곳은 이 동네가 아니죠."

척하면 척하는 개그맨처럼 부자가 죽이 척척 맞았다. 왠지 부럽고, 보기 좋았다.

"가자. 데려다줄게.

대답도 필요 없다는 듯이 내 손을 잡고 걸었다. 커다란 남자의 손이 자기 손을 감싸는 것은 처음이었다. 부끄럽기도 했고, 이상하고 설   다. 이 설렘은 묘한 것이었다. 내 걱정을 해주는 어른, 할머니 외에는 동네 봉사 단체 어머님들이 전부였던 수희에게 낯선 경험이었다.

"감, 감사합니다."

말까지 더듬은 모습에 당황하고 말았다. 그러자 석민은 나를 보며 부드러운 표정으로 미소 지었다.

"밤이라 넘어질까 그런다. 봐라. 진영이 손도 잡고 있어. 낯설어도 조금만 참아라."

배려 깊은 말에 아빠가 있었다면 이런 기분일 지도 모른다는 생각을 했다. 덕분에 흙탕물로 질퍽한 산길에서도 넘어지지 않고 무사히 집으로 올 수 있었다. 집까지 들어온 석민은 할머니께 아는 것처럼 인사했다.

"어머니. 잘 계셨어요?"

"뉘신지?"

"그새 또 잊었어요? 저 밑에 빨간 벽돌집에 사는 이석민이에요."

할머니는 기억이 날 듯 말 듯 고개를 갸우뚱거렸다.

"아, 이장님이시구나."

"이장님은 무슨. 그냥 이 군이라 불러도 돼요."

너털웃음으로 머리를 긁적이던 석민은 할머니 옆에 앉아 어깨를 주물렀다. 그때 아들을 보는 것처럼 인자한 목소리가 석민을 향했다.

"아니요. 매번 이 먼 곳까지 와서 망가진 데도 고쳐 주고, 필요한 것도 가져다 주시는데, 어떻게 이 군이라고 불러요. 이장님, 이 늦은 시간에 어쩐 일로?"

"아, 잠시 잘 있나 와 봤어요. 비도 많이 오고 해서."

수희가 '쉿'하는 제스처에 제주껏 말을 돌렸다. 그제야 고개를 숙이며 감사함을 전하는 모습을 보면 볼수록 귀여운 게 딸 삼고 싶어진다.

"괜찮았네요. 이게 다 이장님 덕분이에요."

"다행이네요. 저는 이제 가 볼게요."

"아, 잠깐만. 물이라도 한잔하고 가세요. 수희야? 수희 어디 있니? 이장님 물 한 잔 떠 드려라."

"네."

수희는 부엌으로 들어가서 보리차 한 잔을 떠와 석민에게 내밀었다. 미지근한 물을 시원한 물인 양 마시고 자리에서 일어났다.

"저 갈게요."

"조심해서 가요."

"네."

진영과 일어나서는 석민을 현관 앞까지 배웅한 다음 고개 숙여 감사 인사를 했다. 비가 온 뒤로 진영은 매일 수희 집으로 갔다. 귀찮다고 오지 말라고 해도 막무가내였다. 매일 숙제까지 다 하고 집에 가는 진영을 데리러 오는 석민도 혀를 내둘릴 정도였다.

"아들, 언제까지 출근할 거냐?"

"어디를 말이에요?"

진영은 오늘도 진영의 집에서 숙제까지 하고 밥도 얻어먹고 왔다. 내일은 집에 있는 라면을 가져갈지 생각 중이다. 점심시간에 밥을 안 먹고 수업하는 것도 이제 익숙해졌다.

"수희 집에 너 맨날 출근 도장 찍잖아."

"아. 내일도 갈 건데요. 아부지 혹시 내일 수희 집에 라면 두 봉지, 아니 세 봉지 가져가도 돼요?"

"라면은 왜?"

"수희가 라면을 한 번도 안 먹어 봤다고 해서요."

"그래. 그래라."

한숨을 쉬었다. 석민은 아들이 아무래도 사랑에 빠진 것 같은 기분이 들었다. 너무 어린 나이에 색싯감을 정한 것 같은 생각이 문득 스친다.

"수희한테 장가갈 거야?"

"네? 아… 뇨."

말은 아니라면서 귀까지 빨개진 진영을 보니 석민은 귀엽기도 하고 우습기도 했다. 수희네에서 집까지는 걸어서 30분 정도 걸렸다. 걸어가는 동안 진영은 오로지 수희 이야기만 했다. 그걸 아는지 모르는지 표정이 싱글벙글거렸다.

"아들, 이리 와 봐."

저녁을 마친 후 온 가족이 거실에 모여 다과를 즐기는 시간이었다. 진영이 2층 자기 방으로 살금살금 올라가는 모습을 보지도 않고 알아챈 엄마 현경이 진영을 불렀다.

"엄마는 뒤에도 눈이 있나 봐. 어찌 알았어요?"

"이리 와. 앉아."

현경의 부름에 진영은 풀 죽은 모습으로 소파에 털썩 주저앉았다.

"네."

"너 요즘 왜 학교에 점심 안 먹는데, 도시락은 깨끗하고 이유가 뭘까?"

진영의 눈이 아버지에게로 향했다. 그는 입을 지퍼처럼 잠그는 시늉을 했다. 그 말은 즉, 어머니는 아무것도 모른다는 것이다. 그동안 아버지에게 다 말했기 때문에 당연히 어머니도 알 거라 생각했던 진영은 어떻게 말해야 할지 고민되었다.

"그러니까 그게요. 이게 오래되었는데."

"그래, 오래되었다고 선생님께서 그러시더라."

"선생님께서 전화하셨어요?"

"그래."

진영의 눈이 동그래졌다. 수희가 그렇게 오랫동안 밥 안 먹을 때는 단 한 번도 수희의 집에 찾아오거나 그러지 않았다. 수희 집에는 전화기가 없으니 한번은 찾아오기라도 해야 하는 것 아닌가?

"대답은 안 하고, 왜 그렇게 씩씩대?"

"아니 수희는 저보다 더 오래 밥을 안 먹었는데, 그때는 관심이라고는 하나도 없었거든요. 그런데 저는 고작 며칠 안 먹었다고 바로 엄마한테 전화한다는 게 말이 안 된다는 생각이 들어서요."

"수희?"

"네."

"아빠하고 놀다가 들어오는 게 아니었어?"

현경의 시선이 석민에게로 향했다. 석민은 신문을 보는 시늉을 했다. 괜한 헛기침이 자기는 이야기에 끼우지 말라는 것처럼 들리기도 했다.

"자, 수희는 나중에 얘기하고 네 얘기부터 끝내자. 넌 왜 안 먹고 도시락은 비어 있을까?"

"그건 수희가 도시락을 안 싸 오니까 굶잖아요? 그러니까 저도 같이 굶는 거죠. 나눠 먹자고 해도 싫다고 하니까 어쩔 수 없이 같이 굶어요."

"그러면 밥은 버렸어?"

"아뇨. 학교 마치고 수희 집에 가서 밥 같이 먹고,

숙제도 하고 저녁까지 얻어먹고 오는 거였어요. 아버지께서 데리러 오시면 그때 집에 갈 시간이 된 거구나 그렇게 생각했어요."

"여보."

현경의 낮은 목소리에 석민은 헛기침만 할 뿐이었다. 신문을 내려놓고 방으로 들어가려는 찰나 이유를 재촉하는 아내로 인해 별일 아닌 듯 한마디 했다.

"아들의 사생활을 지켜주고 싶은 아비의 마음이라고 생각했어. 우리 아들 색싯감에게 잘 보이고 싶다는데 아버지가 되어서 도와줘야지. 안 그래?"

"색싯감이요?"

현경은 어이가 없어서 웃었다. 그런데 귀까지 빨개져서 2층으로 휑하니 올라가는 아들을 보니 진심이라는 생각에 또 웃음이 났다. 중고생이던 두 형들은 자기들보다 먼저 좋아하는 사람이 생긴 동생이 마냥 부러울 뿐이었다.

다음 날 아침, 현경은 두 개의 도시락을 쌌다.

"엄마가 보온 도시락 사 올 때까지 하나는 이거, 하나는 원래 네 것."

현경의 의미심장한 표정에 진영은 뭔 말인지 알겠

다는 듯이 고개를 끄덕였다. 국민학교 3학년 자기 아들이 마냥 귀여웠다.

기분 좋게 등교한 진영은 점심시간만 기다렸다. 여느 때와 마찬가지로 수희는 점심시간 종이 치자마자 무지 연습장과 연필을 가지고 운동장 제일 어두운 곳으로 가버렸다.

"수희야."

"앗. 깜짝이야."

그림을 그리고 있었던지 가운데 진한 밑줄이 그려지고 말았다.

"미안. 진짜 미안."

"너 죽는다."

"미안합니다."

정중하게 사과하자 그제야 받아주었다. 수희가 앉아 있는 의자에 도시락 두 개를 꺼냈다.

"밥 먹자. 너 이거 먹어. 난 이거 먹을게."

"응?"

당황한 수희 앞에 도시락을 열어 수저까지 쥐여주었다.

"엄마가 너랑 같이 먹으라고 두 개 만들어 주셨어."

"고마워서 어떡해?"

눈물까지 글썽이는 모습에 당황하고 말았다. 도시락 하나가 뭐가 그리 대단한 거라고 우는지 알 수 없었다. 그러나 수희를 달래야 한다는 생각에 벌떡 일어나 안아주었다. 내 품에 가볍게 안겨 한참 울었다.

"가서 감사하다고 꼭 전해줘."

"그래. 알았어. 꼭 전할게. 어서 먹어."

"응. 먹자. 아, 그리고 네가 따뜻한 거 먹어. 내가 찬밥 먹을게."

"아니야. 나 찬밥 좋아해."

"거짓말쟁이."

도시락을 꽉 쥐고 놓지 않았더니 그제야 포기하고 따뜻한 밥을 입에 넣었다. 엄마는 알고 있었나 보다. 내가 수희에게 보온 도시락을 줄 거라는 사실을 말이다. 게다가 반찬은 서로 나눠 먹으라고 두 개씩 4가지의 반찬이 놓여 있었다. 엄마 덕분에 수희는 적당히 배부르게 점심을 먹을 수 있었다.

"네 어머니 요리가 더 맛있어."

"그런가? 나는 네가 만든 게 더 좋은데."

눈물을 또 흘리는 수희였다. 옷소매를 내려 수희의

눈물을 닦아주면서 이해한다는 것처럼 행동했다. 그러나 솔직히 왜 우는지는 몰랐다. 엄마 덕에 늘 배고 프던 점심도 이제 배부른 점심시간이 되었다. 둘은 도시락을 나눠 먹고, 함께 나란히 앉아 그림을 그리고, 종이 치면 그제야 교실로 들어갔다. 청소를 마친 후, 이제는 일상이 되어버린 것을 물었다.

"오늘도 우리 집 올 거야?"

수희에 물음에 웃음이 났다.

"응. 당연한 걸. 왜?"

"아니, 그냥 물어봤어. 왜 안 돼?"

심술 난 그녀의 말투가 경쾌해 오히려 기분은 좋았다. 어김없는 저녁의 일상인데, 기다리고 있는 건 어느새 수희도 마찬가지였다. 너무 자연스러운 대화여서 그런가? 듣고 있던 은수가 옆으로 다가오는 것도 몰랐다.

"오늘 숙제 있어?"

진영의 물음에 곰곰이 생각하다 고개를 저었다. 진영은 뭐하지 고민하다 며칠 있을 시험 공부를 하자고 했다. 시험은 까맣게 잊고 있던 수희가 놀라 입을 막자, 자연스럽게 손이 수희에 머리로 올라가 쓰다듬는다.

"우리 수희, 까먹었구나. 내가 구해줬다."

"까먹은 거 아니거든."

두 사람의 티격태격하는 모습은 은수가 보기엔 이상했다. 며칠 전에 엄마와 함께 보던 드라마에서 나오는 배우들처럼 보였다.

"뭐야? 둘이 그렇고 그런 사이야?"

은수의 말에 두 사람의 고개가 돌아갔다. 두 사람의 주목을 받은 은수는 한 발짝 뒤로 물러났다.

"벌써 집까지? 얼레리꼴레리. 수희와 진영이는 사귄대요."

은수의 말에 수희의 표정이 굳어졌다. 그걸 본 진영이 은수에게 다가갔다.

"그만 해라."

수희는 평소와 전혀 다른 표정 하나 없는 진영의 모습에 놀라 말렸다. 그런데 은수의 입은 멈추지 않았다.

"이런 거지 같은 애가 뭐가 좋다고? 너도 참."

"뭐라고 했어?"

이번엔 진짜로 화가 난 진영이 은수의 멱살을 잡으며 으르렁거렸다. 기에 전혀 눌리지 않는 은수는 같이 진영의 멱살을 잡았다.

"거지 같은 애라고 했다. 맞잖아. 먹는 것도 입는 것
도 다 죄다 남들이 주는 걸로 해결하는 게 거지가 아
니면 뭐야?"

덩치 큰 은수와 마르지만 키가 큰 진영의 싸움은 어
느새 반 아이들의 눈길을 끌었고, 다른 반에서도 구경
하려 모여들었다. 교실 책상은 아수라장이 되었고, 내
책상, 네 책상 할 것 없이 올라가 싸움 구경한다고 정
신이 없었다. 자신 앞으로 굴러오는 두 아이를 피해
여자애들은 소리치기 바빴고, 싸움에 열중한 두 아이
는 온 교실을 굴러다니며 서로의 얼굴에 주먹을 날리
고 있었다.

그때 호루라기 소리가 교실에 울려 퍼졌다. 다른 반
학생들은 서둘러 자기 반으로 뛰어갔고, 홍해가 열리
듯 길이 열리며 세 명의 선생님이 뛰어와 각각 두 친
구를 붙잡아 억지로 떼어냈다.

"그만해."

여전히 씩씩대는 은수와 진영은 떨어져서도 손만
놓으면 다시 붙을 기세로 서로를 노려보고 있었다.

"왜 싸웠어?"

담임이 은수와 진영을 쳐다보며 물었다. 은수는 씩

씩대며 대답을 회피했고, 진영이 대신 답했다.

"은수가 수희 욕해서요."

"뭐라고 했는데?"

담임의 표정은 뭐 그런 걸로 싸웠냐는 표정으로 바뀌었다.

"거지 같은 애라고 했어요."

선생님은 한숨을 쉬었다. 은수는 이 모든 상황이 수희 탓이라는 듯이 노려보고 있었다.

"은수는 그런 말 했어?"

"아뇨. 전 한 적 없어요. 애들한테 물어보세요."

은수는 알고 있었다. 자기 덩치에 분명 아무도 안 나설 거라는 것을 말이다. 게다가 싸움하면 은수였다. 덩치로 밀어붙이면 십중팔구 밀렸다. 그런데 진영과 싸워서 대등하게 상처가 난 것에 대해 오히려 분노하고 있었다.

"들은 학생 있어?"

앉아 있는 여학생은 물론 서서 구경하는 남학생까지 아무도 나서서 말하는 사람은 없었다. 서로 눈치만 볼 뿐이었다. 몇 분 동안 기다린 담임은 수희에게로 시선을 돌렸다.

"수희, 너는 들었니?"

무서운 눈으로 쳐다보는 선생님 앞에서 수희는 기가 눌렸다. 담임이 자기에게 바라는 것이 뭔지는 알겠으나, 자기 때문에 싸움까지 한 진영을 배신하고 싶지 않았다. 그래서 더 크고 또렷하게 답했다.

"네. 들었어요. 은수가 저한테 거지 같은 애라고 말했어요."

"정말?"

선생님은 못 믿겠다는 듯이 재차 확인했다.

"네."

다시 답했지만, 담임은 몇 번씩 같은 질문을 계속했다. 의기소침해지지 않으려 노력했으나 목소리는 점점 작아졌다. 취조 같은 질문에 결국 진영이 '욱'하고 말았다.

"선생님, 수희가 그렇다고 하잖아요. 왜 못 믿으세요?"

"진영이 너는 왜 그렇게 버릇이 없어졌니? 친구는 잘 사귀어야 하는 법이야. 잘못 사귀니까 선생님께 말대꾸나 하고 친구하고 싸우기나 하잖아."

눈물이 났다. 내 앞에서 저런 말을 아무렇지도 않게 하는 사람이 왜 하필 선생님이라는 말인가? 평소에 자신을 어떻게 생각했는지 알게 되어서 그럴까? 도망치고 싶고, 자리에 주저앉아 소리를 내며 크게 울고 싶었다. 그러나 아무것도 할 수 없었다. 이 모든 소동을 일으킨 사람이 '바로 너야.'라는 듯이 쳐다보는 반 친구들의 올가미에 꽁꽁 묶여있는 것만 같았다.

이 와중에도 진영은 내 편이었다. 모두의 시선 앞에서 나를 가리고, 선생님께 따지듯이 물었다.

"선생님! 왜 수희한테 그렇게 말하세요?"

"수희, 뭐?"

"지금 그 말 수희 들으라고 하신 말씀이잖아요?"

그 말을 들은 담임은 화가 났는지 표정을 바꿨다.

"진짜 어이없는 소리를 하는구나. 너 그렇게 안 봤는데, 애를 다 망쳐 놨네. 쯧쯧."

매섭게 변한 눈이 수희를 향했다. 담임은 화를 눌러 참고 있다는 것을 티를 내며 진영에게로 돌아섰다.

"이진영, 눈깔아. 어디 선생님께! 어디서 배운 버르장머리야? 네가 이러면 욕먹는 건 네 부모님이라는 거 아니 모르니? 내일 당장 부모님 모시고 와."

은수는 진영에게 호통치는 담임을 보고 웃었다. 그러자 담임은 고개를 돌리더니 은수에게도 같은 말을 했다.

"은수, 너도 마찬가지야. 내일 부모님 모시고 와."

은수 자신은 당연히 아무 일도 없을 거라는 확신이 무너지자 수희를 무섭게 쳐다봤다. 그와 자신 사이에 진영이 가로막고 있었다. 그렇다고 은수의 매서운 눈빛이 나를 향하고 있다는 것을 모르지는 않았다. 그는 선생님이 교실을 빠져나가는 순간 진영에게 다시 달려들었다. 소란스러운 소리에 담임은 교실로 들어와 소리쳤다.

"너희 뭐야? 선생님 말이 우스워?"

"……."

둘은 아무 말도 못하고 씩씩거렸다. 그때 선생님의 시선이 수희에게로 향했다.

"수희 넌? 참, 부모님 안 계시지? 하긴 그러니까 버르장머리가 없지. 할머니 욕 안 먹게 하고 싶으면 처신 잘해라. 없는 말 지어내고 그러면 안 되는 거야."

"선생님!"

진영은 수희 앞에 서서 선생님을 쳐다봤다. 아니 노려보았다는 말이 맞을 것이다.

"넌 오늘 부모님께 전화할 거니까 학교에서 기다리

고 있어."

수희는 뒤에서만 듣던 말을 정면에서 들어서 그런지 충격이 컸다. 수군대는 것은 참을 수 있었다. 귀만 막으면 무슨 말인지 잘 들리지 않으니까 말이다. 하지만 지금처럼 대놓고 말하면 어떻게 해야 할지 모를 때가 많았다. 게다가 너만 참으면 조용히 끝날 일이 커졌다는 듯이 말하는 친구들의 눈빛은 정말 힘들었다. 어떻게든 피하려 눈을 감았지만, 느껴졌다. 진영이 꼭 안아주었지만, 위로가 되지 않았다.

한참 후 석민의 차가 운동장으로 들어왔다. 그는 서둘러 교무실로 향해 뛰었다. 담임의 씩씩거리며 화내는 목소리가 그의 걸음을 더욱 재촉했다.

"오셨어요. 진영 아버님."

해가 뉘엿뉘엿 진 교무실에는 선생님들이 몇 없었다. 담임은 늦은 시간에 석민을 불러낸 것에 대해 죄송하다는 인사에도 석민은 자초지종이 더 궁금할 뿐이었다.

"늦은 시간까지 죄송합니다. 무슨 일이 있었나요?"

쉽게 꺼내지 못하는 말인 듯하여 먼저 서두를 열었

다. 담임은 곤란하다는 듯이 잠시 뜸을 들이더니 어렵게 말하는 거라는 것이라며 티를 팍팍 냈다.

"오늘 진영이 은수라는 아이와 싸웠어요."

담임은 어떻게 말할지 꽤 고민하는 듯 보였고, 석민은 그의 이야기가 끝나기를 기다렸다.

"무슨 일로 싸웠냐고 물었는데, 은수가 수희를 놀렸다고 하더군요. 은수에게 물어보니 아무 말도 안 했다고 하고, 들은 친구들도 없어요. 진영은 은수가 수희에게 거지 같은 애라고 놀렸다고 하는데, 들은 사람이 수희밖에 없고요. 아무래도 착한 진영이가 수희의 거짓말에 속아서 은수와 싸운 것 같아요. 문제는 둘 다 코피가 터지고, 입술이 찢어졌어요."

"그렇군요. 그래서 어찌 되었습니까?"

의외로 침착한 석민을 보며 오히려 담임이 쩔쩔맸다.

"아무래도 내일 은수 네 부모님과 만나시고 합의를 하셔야 할 것 같아요. 지금 은수의 부모님도 화가 많이 난 상태이고, 진영이는 사과할 생각이 없다고 하니 댁으로 가셔서 잘 타일러 내일 데려와야 할 듯 해요. 이건 제 생각이지만, 아무래도 3년 동안 짝이었던 수희 편을 들어주고 싶었던 것 같아요. 괜히 착한 진영이만 망친 건 아닌지 걱정이네요.”

“그런데 수희가 그렇게 질이 나쁩니까?”

그때 지나가는 선생님이 걱정스럽다는 듯이 한마디 거들었다.

“평소에는 조용한 아인데, 거짓말을 많이 하는 편이에요. 특히 자기가 한 일을 인정하지 않고, 듣지도 않은 말을 퍼뜨리거나 그런 행동이 잦죠!”

그 말에 석민은 담임을 쳐다봤고, 담임은 긍정도 부정도 하지 않았다. 자신이 본 수희와 전혀 다른 모습을 말하는 선생님들을 보며 다른 수희가 교실에 또 있나 생각했다.

“그렇다면 제 아들은 가벼운 아이이군요. 거짓말에 속아 싸움까지 하고 다쳤으니 말입니다.”

석민의 말에 담임은 안절부절못하더니 덧붙였다.

“진영이가 가벼운 아이라고 생각하지 않아요. 아무래도 수희가 꼬드겼겠죠. 짝꿍이다 보니 옆에서 이런저런 이야기를 하면서 진영의 마음을 흔들었을 수도 있어요. 평소에는 예의 바르고 착한 진영이거든요.”

“그렇군요. 아무튼 늦은 시간까지 고생이 많으십니다.”

석민이 자리에서 일어나 고개를 숙였다. 석민의 태

도에 담임은 놀라 자리에서 벌떡 일어났다.

"평소에는 공부도 잘하고, 인기도 많은 아이이니 걱정하지 않으셔도 돼요. 내일부터 수희와 떼어놓으면 아마 무탈하게 학교 졸업하고 좋은 중, 고등학교 진학할거에요."

"네. 좋게 봐주셔서 감사합니다. 내일은 몇 시에 오면 되는지요?"

"8시까지 오시면 되고, 오늘은 데려가서 잘 타일러보세요."

"알겠습니다. 그러면 이만, 오늘은 정말 죄송합니다."

"아니에요."

교실로 올라온 석민은 진영의 품에 안겨 있는 수희를 보았다. 그리고 담임이 말한 수희가 '류수희' 임을 확신했다. 수희의 흐느끼는 소리가 복도까지 들려왔다. 잠시 지켜보던 석민은 울음이 멈추고 둘이 의자에 앉은 것을 확인한 후에 교실로 들어갔다.

"가자, 애들아."

둘은 아무 말도 하지 않고 따라나섰다.

산 중턱에 내려 진영을 차에 두고 수희를 먼저 집 앞에 데려다주었다.

"수희야, 오늘은 네가 잘못한 건 하나도 없어. 그러니까 그냥 잊고 자렴. 어른이 잘못한 거야."

"진영이는요?"

"사내아이가 그 정도는 끄떡없다. 집에 가서 연고 바르고 며칠 지나면 후딱 나을 거야."

"아저씨, 오늘 진영이는 잘못한 거 하나도 없어요. 다 저 때문이에요."

"아니라니까. 너 때문이 아니야. 이건 잘못 가르친 어른들의 잘못이야. 네 잘못이 아니다. 그렇게 생각하지 말고, 아저씨도 그렇게 생각 안 해. 분명 집에서도 그렇게 생각하지 않을 거고. 걱정하지 말고. 네가 이러면 진영이가 더 미안해할 거야."

"네. 아저씨."

석민은 차로 와 진영과 이야기를 시작했다.

"어떻게 된 거야?"

"은수 그 새끼가, 아니 은수가 수희한테 거지 같은 애라고 놀리잖아요."

"그래서?"

"화가 났어요. 그래서 싸움을 먼저 걸었던 건 저예요. 잘못했어요."

"그리고?"

"선생님도 반 친구들도 모든 탓을 수희한테로 돌려서 화가 났어요. 선생님은 수희가 부모님도 없고, 데려올 사람도 없다며 친구들 앞에서 창피도 주고, 그 모든 게 너무 화나서 그만. 그건 잘못했다고 말하고 싶지 않아요."

석민은 진영의 의견을 존중해 주기로 했다. 그리고 아들이 사실을 말한다는 것을 알았다. 좀 더 구체적이고, 자세히 말했기 때문이다.

"알았다. 이건 집에 가서 또 말해야 할 거야. 나는 네 말을 믿는다. 하지만 친구한테 싸움을 먼저 걸었던 것과 선생님께 말대꾸하고 대든 건 분명 네가 잘못한 거야. 그건 사과해야 한다."

"네."

시무룩한 진영을 데리고 집으로 왔다. 처음에는 화가 났던 현경은 진영의 이야기를 다 들은 후에는 오히려 아들을 다독여주었다. 다음 날 은수의 부모님과 진영의 부모님이 만났다. 선생님과 함께 상담실에서 이야기가 진행되었다.

석민에게서 자초지종을 들은 은수 부모님은 은수

의 거짓말을 바로 눈치챘다. 그래서 오히려 사과했고, 선생님은 얼굴이 상기된 채 자기 변호하기 바빴다. 석민은 선생님께 경고했다.

"한 번만 더 수희한테 함부로 말하시는 거 제 아들 입 통해 듣는다면 저 가만 안 있습니다. 경찰서에 신고하든 교육청에 고발하든 할 겁니다."

"네. 네."

"제가 권리가 없다고 생각하시죠? 있습니다. 제 아들이 들었다는 것 자체가 교육자로서 자질이 없다는 것을 스스로 증명한 것일 테니 저는 이유, 권리 얼마든지 만들 수 있습니다. 그러니 조심하십시오."

석민의 말에 선생님은 고개를 숙일 뿐 아무 말도 못했다. 늦은 시간까지 이어진 대화로 인해 수희는 이미 집에 간 후였다. 진영은 온종일 수희를 못 봤다는 사실이 더 싫었다.

"요놈아! 문제 해결된 것보다 수희 못 본 게 그렇게 실망이냐?"

"당연하죠."

석민과 현경은 웃고 말았다. 이 사건은 쉬쉬했으나, 가벼운 입을 가진 은수로 인해 학교에 소문이 퍼졌고,

선생님은 다음 해 다른 학교로 전근을 갈 수밖에 없
었다.

이제 국민학교 6학년이 되었다. 학생회장을 뽑는
날, 진영은 압도적인 표 차이로 회장에 선임되었다.
그의 잘생긴 외모와 언변, 그리고 수희 앞에 당당히
나서는 모습들이 여학생들의 표를 한곳으로 모으는
계기가 되었다.

"좋겠다. 여학생 사이에서 너 인기 짱이더라."

"근데?"

진영은 무심하게 대답하고 그녀를 보았다. 질투하
는 듯한 그녀의 태도에 기분이 좋아졌다. 수희는 그림
을 그리는 내내 툴툴거렸다. 집에 같이 가는 동안도
짜증을 냈다.

"너 집에 가. 오늘은 혼자 있을래."

"그래, 혼자 있어. 나는 할머니하고 있을게."

"내 할머니거든."

"나를 더 이뻐하시거든."

수희의 만류에도 집안으로 성큼 들어왔다. 그 모습
을 보고 방으로 쏙 들어가 버렸다. 밖에서 진영과 할

머니의 대화가 들려왔다. 즐거운 이야기를 하는지 할머니의 웃음소리가 듣기 좋았다.

"할머니, 배고프지 않으세요?"

진영은 할머니와 대화할 때는 손짓발짓을 다 했다. 이제는 웬만큼은 진영의 입 모양을 읽는 할머니였다. 다만 오랫동안 익숙해져 버렸기 때문인지 고쳐지지 않을 뿐이었다.

"우리 진영이, 배고파?"

"네."

진영은 가방에서 가래떡을 꺼냈다. 엄마가 오늘 간식이라며 싸 준 건데, 잊고 있었다. 게다가 이제는 수희가 보고 싶었다.

"수희 요리사님! 떡 구워주세요. 조청도 있습니다. 할머니께서도 출출하시다고 하십니다. 수희 요리사님! 요리사…"

창호지 문이 찢어져라 벌컥 열리는 소리에 몸이 움츠러들었다. 날 노려보는 수희를 보면서 오뉴월에도 서리가 내린다는 말을 몸소 체험했다.

"장작 가져와. 불도 지피고!"

"넵."

이젠 익숙하게 집 뒤에 있는 장작더미에서 장작을 가져와 불도 지폈다. 그사이 떡 구울 준비가 다 됐는지 불이 붙은 아궁이에 팬을 올렸다. 고소한 참기름 냄새가 식욕을 더욱 자극했다.

잘 구워진 것은 할머니께 드리고, 조금 탄 건 가위로 오려가며 수희에게 내밀었다. 못 이기는 척 먼저 먹은 수희는 쭉쭉 늘어나는 떡에 감탄했다.

"맛있다."

"맛있지?"

웃던 얼굴이 진영을 마주하자 다시 굳어진다. 괜히 말 시켰다 후회했다. 그런 진영을 보며 수희는 고개를 돌려 웃었다.

"응. 맛있네."

헛기침하며 말하려는 찰나 할머니께서 먼저 말하셨다. 그 바람에 떡이 목에 걸리고 말았다. 기침하며 답답해하는 수희를 본 진영은 일단 물부터 건넸다. 어렵게 꿀떡 삼키는 모습에 그제야 안심했다.

"놀라라. 괜찮아?"

"어, 고마워."

언제부터 울고 있었는지 할머니는 걱정이 가득한

표정으로 수희를 보고 있었다.

"할머니. 나 괜찮아."

부쩍 걱정이 많아진 할머니는 눈물도 많아졌다. 몇 년 사이 더 힘들어하는 할머니였다. 잘 걷지도 못했고, 일어나지도 못해 거의 툇마루에 앉아 있거나 방에서 시간을 보냈다. 그러고 보니 떡도 한 입도 안 먹고 조청만 조금 먹었을 뿐이다.

"할머니, 오늘은 죽 먹을까?"

눈물을 글썽이던 할머니는 고개를 저었다. 그러나 저녁은 죽이었다. 죽보다는 미음에 가까운 것을 할머니 앞에 놓았다. 자기 명줄을 살리려 노력하는 손녀의 모습에 할머니는 자꾸 눈물만 났다.

학생회장이 된 진영은 수희와 하교하는 것도 힘들었고, 매 행사 때마다 그녀 곁을 지켜 주지도 못했다. 그래서 남학생들은 진영이 없으면 수희를 괴롭히기 바빴다. 그로 인해 불만이 이만저만이 아니었다. 멀리서 보더라도 괴롭히는 것이 맞는데도 수희는 괜찮다고만 했다. 그냥 오해였다고 말이다. 3학년 때 싸움 이후 더욱 아무 말도 안 하는 것 같았다.

"일 봐. 내 걱정은 말고."

"알았어."

괜찮다고 하니 더 이상 해 줄 수 있는 게 없었다. 그런데 소매를 걷는 팔에 선명한 멍 자국이 보였다.

"너 이거 뭐야? 누가 그랬어?"

화를 내는 진영은 참 오랜만이었다. 숨겨야 한다는 것도 잊고 쳐다보다 통증에 인상을 썼다. 진영은 방금 전에 수희 곁에 몰려있던 남자아이들 곁으로 갔다.

"너지?"

진영은 수희를 잡고 있던 남학생을 바로 알아보았다.

"오? 흑기사 왔네. 언제 오나 했다. 학생회장?"

"왜 그랬어?"

"너하고 한판 붙어보려고! 킥킥."

수희는 진영을 말렸다. 3학년 때와 달랐다. 지금은 6학년이었고, 그는 학생회장이었다. 이제 학기도 얼마 남지 않았고, 자신으로 인해 그의 경력이 흠이 나는 것은 더욱 싫었다.

"부탁이야. 진영아. 하지마. 제발."

진영은 부들부들 떨리는 주먹을 쥐고 수희를 쳐다봤다. 금방이라도 울 것 같은 표정으로 말리는 모습에 겨우 힘을 뺐다.

"수희 건들지 마라."

"그냥 가는 거야? 난 계속할 건데?"

"나 때문이면 나한테 걸어. 언제든 받아 줄 테니까."

"그래? 그럼 지금 어때?"

"지금은 안돼. 약속해서. 나중에 따로 보자."

"오케이!"

진영의 말에 수희는 고개를 저었다. 고개를 끄덕여 대답을 대신했다. 그런 그들을 보며 남자애들은 한마디씩 거들었다. 귀를 막은 그들에게 들리지는 않았다. 며칠 후 진영은 운동장에서 본 남학생과 학교 뒷산에서 만났다. 싸움은 이겼다. 다신 괴롭히지 않는다는 확답도 받았다. 그러나 학생회 품위 훼손으로 학생회장 자리는 내려놓아야 했다.

그날 하굣길에 만난 진영을 보고 수희는 자리에 주저앉아 울고 말았다. 결국 진영의 경력에 흠을 낸 것이었다.

"왜 그랬어?"

진영은 아무 말도 하지 않았다. 약속을 어긴 거에 대한 미안함이었다. 그렇다고 계속 그대로 두면 아마 그 녀석은 수희를 두고두고 괴롭힐 게 뻔했다. 분명 그 녀석뿐만 아니라 그 무리가 돌아가면서 괴롭힐 텐데 어떻게 그 사실을 알고 거절할 수 있을까?

"미안해."

대답은 하지 않고, 약속을 어긴 것에 대해 사과만 했다.

"누가 사과하래? 왜 그랬냐고?"

"미안해. 수희야. 울지 마."

서로 동문서답을 하니, 대화는 당연히 되지 않았다. 자리에서 일어난 수희는 그를 노려보았다.

"너 이제 내 옆에 오지 마. 나 이제 너 안 볼 거야."

청천벽력 같은 말에 하늘이 무너지는 것 같았다. 화낼 줄은 알았다. 다만 이렇게 나올 거라는 생각은 해본 적이 없던 터라 어떤 반응을 해야 할지도 몰랐다. 이대로 영영 보지 못하는 것은 아닌지 걱정이 되었다.

"수희야, 잘못했어. 다시는 안 그럴게. 제발 이번만 봐주면 안 돼?"

주저앉은 수희 시선에 맞춰 자세를 낮춘 진영은 빌었다. 그러나 수희는 화를 풀지 않았다.

"안돼. 너 이제 내 친구 아니야. 나한테 아는 척하지 마. 도시락 싸지도 말고 당연히 우리 집 오는 것도 금

52

지야. 우린 처음부터 모르던 사이였어야 했어. 네가 날 만난 것 자체가 잘못이었어. 이건 잘못된 거야."

"왜 그렇게 되는 건데?"

"네 인생에 나는 걸림돌이야. 내가 분명히 하지 말랬지? 왜 네가 나 때문에 싸움해야 해. 안 해도 되는 거잖아. 나 따위가 뭐라고?"

자신을 비하하면서까지 화를 내는 모습에 진영은 시간을 되돌리고 싶었다. 차라리 방어만 할 것을 말이다. 그랬다면 학생회장 자리는 내놓을 필요 없었을 것이다. 그러면 수희가 이렇게 화내지도 않았을 거고, 병원 며칠 입원하고 나오면 되는 거였다. 지난 시간을 후회하고 있을 때 수희는 내 앞에서 사라진 후였다.

"수희야."

아무리 불러도 뒤돌아보는 법이 없었다. 그날 이후 수희는 진영 앞에서 사라지려 노력했다. 쉬는 시간 교실로 찾아가도 보이지 않았고, 점심시간에는 도대체 어디서 뭘 하는지 찾을 수가 없었다. 방과 후도 마찬가지였다.

그녀를 보려면 한 가지 방법밖에 없었다. 하교하자마자 바로 뛰어가 그녀 집으로 가는 유일한 길인 산 입구에서 기다리는 것이었다.

"왔어?"

여전히 한쪽 눈에 멍이 가라앉지 않는 진영의 모습에 화가 났다. 게다가 자길 보려 뛰어왔는지 이마에 땀이 송골송골하고 기침까지 하는 모습에 가슴이 아팠다. 그렇다고 하더라도 여기서 틈을 보일 수는 없었다. 지나쳐 가버렸다. 그는 포기하지 않고 뒤따라오면서 계속 말을 걸었다.

"오늘은 어땠어?"

마치 아무 일도 없었던 것처럼 안부를 묻는 진영에게 속으로 답했다.

'걔가 또 내 팔에 멍을 만들었어. 너한테 이르라고 했는데, 난 안 할 거야.'

"밥은 어떻게 했어? 배 안 고파?"

'배고파.'

그렇게 진영의 혼잣말과 수희의 속마음이 이어졌다. 그리고 집 앞에 다다르자 수희는 뛰었다. 덩달아 진영도 같이 뛰었다. 그러나 달리기는 더 빨라도 수희를 앞지르지 않았다. 문 앞으로 뛰어가는 수희를 충분히 잡을 수 있음에도 잡지 않았다.

그렇게 서먹한 사이로 중학생이 되었다. 같은 중학교가 되어 평소였다면 좋아했을 것인데 그러지 못했다. 수희는 마치 진영을 모르는 사람처럼 대했고, 진영은 그런 수희 곁을 맴돌았다. 자기 주변을 항시 주시하고 있는 진영도 자길 괴롭히는 뭇 학생들 모두 무시하려 노력했다. 괴롭힘은 날이 갈수록 더 심해졌다. 그렇다 하더라도 이걸 진영이 알게 하는 것보다 최대한 감추려 노력했다.

"류수희? 오늘은 예쁜 거 입었다?"

옷이 예쁘다는 이유로 물벼락을 맞았다. 다행히 그날은 담임이 조퇴를 시켜줬다. 일찍 하교하여 옷을 갈아입고 산속에 진영과 함께 보내던 장소에서 온종일 그림을 그리며 보냈다. 국민학교에서 학교 짱과 싸워 이겼다는 소문은 중학교에서도 일파만파 퍼져 진영을 함부로 하는 이는 없었다. 반면 수희를 괴롭히는 놈은 날로 늘었다. 그들은 두 분류로 나눠졌다. 하나는 진짜 재미있다는 이유로, 다른 하나는 진영과 한판붙어 보자는 심보로 말이다. 진영 앞에서 수희를 괴롭히면 그날 바로 진영의 응징이 들어왔기 때문이다.

02.
서로를 위하는 마음

그렇게 보이지 않게 진영은 사고뭉치 학생으로, 수희는 왕따로 둘 다 피곤한 하루를 보내고 있었다. 그 사이 수희는 점점 야위어갔다. 그 모습을 지켜보는 진영은 마음이 아팠다. 곁에 있어줄 수 없었기에 그가 줄 수 있는 것은 친구를 통해 괴롭힌 녀석을 찾아 응징해 주는 것뿐이었다.

그 당시에는 알지 못했다. 자기가 그러면 그럴수록 수희가 더 힘들어진다는 것을 말이다. 수희를 괴롭히는 아이들에게 진영은 마치 1+1 같은 개념이었다. 그게 재미있어서 더욱 괴롭힌다는 것은 몰랐다.

"진영아, 진영아."

"왜?"

뻐꾸기처럼 수희가 누구에게 맞았는지 알려주는 지혁이 달려왔다. 일단 지혁이 오면 신경이 예민해졌다. 무슨 말이 나올지 걱정부터 되었다.

"어떤 무리가 수희를 학교 건물 뒤쪽으로 끌고 갔어."

"어디?"

진영은 물불 가리지 않고, 교실 밖을 뛰쳐나갔다. 그 모습을 보고 지혁은 배를 잡고 웃었다. 철수가 노려보든 말든 그저 이 상황이 재미있다는 제스처만 할 뿐이었다. 한편 건물 뒤로 뛰어간 진영은 이제 막 수희에게 손찌검하려는 무리와 대치하고 있었다.

"이진영, 소식 한번 빠르네. 아직 시작도 안 했는데."

"놔줘라."

"뭐, 원한다면."

무리의 대장으로 보이는 놈이 수희를 벽 쪽으로 밀었다. 지켜보고 있을 진영이 아니었다. 전속력으로 달려갔으나 이미 기절한 후였다. 그 후론 난투극으로 이어졌고, 누군가 학생 주임이 온다는 소리에 무리가 빠르게 흩어졌다. 굳이 따라가지 않은 건 진영에게 수희가 먼저였기 때문이다. 기절한 수희를 안고 양호실로 향했다.

"또냐?"

일주일에 한 번은 찾아오는 모습에 할 말을 잃은 양

호 선생님은 늘 그렇듯 진영의 상처를 살펴보려고 했다. 역시 오늘도 거부하는 모습에 혀를 내둘렀다.

"애는 다친 데 없어. 늘 말하지만 네가 문제다."

"저는 괜찮아요."

그렇게 힘든 하루가 끝이 나고, 오늘도 얼굴에 상처를 달고 집으로 갔다.

"진영아, 이리와 앉아라."

현경과 석민의 부름에 진영은 소파에 털썩 주저앉았다. 유달리 많이 뛴 날이라 그런지 지쳤는데, 차마 모르는 척할 수는 없었다. 소파에 지친 듯 앉아 있는 아들을 보고 다시 한번 마음을 다잡는 부부였다.

"계속 싸울 거냐?"

평소엔 달리 오늘은 석민이 직접 나섰다. 진영은 긍정도 부정도 아닌 표정으로 쳐다볼 뿐이었다. 필요 없는 싸움은 안할 거지만, 해야 한다면 하겠다는 의지가 강하게 보였다.

"그러면 어쩔 수 없다. 유학 가든지 서울 가든지 선택해."

"싫어요."

당연히 그렇게 나올 줄 알았다는 듯이 현경이 나섰

다. 자신이 이런 식으로 말하게 될 줄은 꿈에도 몰랐
다. 아들을 위한 일이라고 다짐하면서도 마음은 불편
했다.

"어쩔 수 없구나. 그럼 수희를 만나러 가야겠네. 네
가 안 간다면 수희가 가야지. 어쩔 수 있니? 나는 내
아들이 우선이다."

"어머니!"

진영은 화난 표정으로 현경을 쳐다봤다. 몇 년 사이
많이 변한 아들의 모습에 적잖이 놀랐다. 수희가 일방
적으로 진영을 보지 않는다는 것은 진영의 친구들에
게 들어서 알고 있었다. 문제는 그게 이유가 되어 아
들은 모든 것을 내려놓고 있었다.

"1년 만이다. 지금은 학교에 더 이상 있을 수가 없
어. 아무리 네가 괴롭힘 받는 친구를 위해 그랬다고
하더라도 싸움은 싸움이야. 이 이상 봐주는 건 학교에
서도 무리라고 하더구나. 그러니 선택해. 외국으로 나
갈래? 아니면 서울 큰이모 집으로 갈래?"

진지하게 선택하라는 석민의 말에 진영은 한참 아
무 말도 못 했다. 내 거처보다 무엇이 수희에게 이로
울지 먼저 생각했다. 아프고 연로한 할머니와 이사해

야 할지 모르는 수희보다 내가 떠나는 게 여러모로 낫지 않을까 생각이 들었다. 유학은 싫었다. 언제든 수희에게 무슨 일이 생기면 올 수 있는 한국에 있고 싶었다.

"서울 이모 집에 갈게요."

다행히 답은 들을 수 있었다. 이왕 이렇게 된 거 쇠 뿔도 단김에 빼라고 아예 날짜도 정해야겠다는 생각에 아들을 재촉했다.

"언제 갈 거니?"

바로 날짜를 정할 거라 생각하지 않은 진영은 부모님의 재촉에 심장이 '쿵'하고 내려앉았다. 간다고 결정한 것만 하더라도 힘들었는데, 날짜까지 정하라고 하는 것은 가혹했다. 그러나 미룰 수 없는 일이라는 것도 알았다.

"언, 언제까지 답해야 하는 거예요?"

말까지 더듬으며 가고 싶지 않다는 티를 내는 아들의 말에 현경은 시선을 피하고 싶은 것을 애써 눌러 참았다.

"빠르면 빠를수록 좋다."

"알겠어요."

체념하듯 고개를 숙인 모습은 부모 입장에서 마음이 아팠다. 그렇다고 계속 이렇게 싸움만 하는 아들을 두고 볼 수는 없었다. 이 모든 것이 거짓말이어도 아들을 위한 최선의 선택이라고 생각하기로 했다.

진영은 생각이 많아졌다. 제일 큰 문제는 이대로 수희를 두고 가면 어떻게 될지가 걱정이었다. 친구들에게 수희를 부탁하는 그의 마음을 충분히 이해 했어도 일진에 맞서야 한다는 것은 큰 두려움이었다. 그때 철수가 나섰다.

"알려만 주면 되는 거지?"

"응. 안부만."

"알았어. 그건 내가 해줄게. 단 싸우는 것은 못해. 나 싸움 못하는 거 알지?"

"당연하지."

"고맙다."

진영은 안심했다. 철수라면 분명 약속을 어길 놈이 아니었다. 조용한 성격으로 수희 눈에 띌 염려도 적었다. 그때 운동장에서 아이들이 없는 곳만 찾아 걷는 수희가 보였다. 주위를 두리번거리며 불안한 모습으로 늘 우리가 앉아 있던 그곳으로 향하고 있었다.

"부탁한다. 철수야."

"그래. 가봐라. 수희 봤지?"

"응. 근데 안가. 여기서도 보이는걸."

"짜식, 수희가 부럽네."

오늘도 어김없이 수희네로 올라가는 산 입구에서 그녀를 기다렸다. 그녀가 멀리서 걸어오는데, 다리를 절뚝거리고 있었다. 바지는 찢어지고, 얼굴엔 상처도 있었다. 놀란 마음에 뛰어가 살펴보려 손을 뻗었으나 가볍게 피했다.

"수희야, 너 왜 그래?"

대답도 하지 않고, 집을 향해 걷기만 했다. 포장도 되어 있지 않는 흙길과 군데군데 큰 돌로 인해 걷기가 불편할 텐데도 '끙'소리 한번 내지 않았다. 옆에서 듣기에도 거친 호흡인 것을 알겠는데도 아프다 한마디가 없다.

"무슨 일이야. 이니다. 잠깐 서 봐. 상처 좀 치료하고."

결국 돌려세우려 불렀다. 여전히 못 들은 척하는 모습에 화가 났다. 이제 볼 날도 얼마 남지 않았는데, 아예 영영 보지 않으려는 모습에 팔을 잡아 획 돌렸다.

하필 멍이 든 곳이었는지 수희가 비명을 질렀다.

"아야."

"또 그놈이야?"

"네가 무슨 상관이야. 당신 누구신데요?"

수희의 타박도 들리지 않았다. 아픈 걸 잘 참는 아이가 아프다고 할 정도면 꽤 세게 잡았다는 뜻이다. 헐렁한 소매를 걷어 올리자 바로 보이는 선명한 멍 자국, 오늘 하루만 그런 것 같지 않았다. 이미 옅어진 몇 개의 멍 자국을 보며 꽤 오래되었다는 것을 알 수 있었다. 눈물이 날 만큼 아팠다. 이제 이렇게 치료도 못 해주는데, 왜 자꾸 상처만 달고 오는지 정말 가슴이 찢어지는 것만 같았다.

"이리와 앉아."

말 따위 안 들을 것이 뻔했다. 그래도 아무 말도 없이 억지로 앉히다 사고가 날까 한마디는 하고 앉혔다. 혼자 뭐가 그리 바쁜지 자꾸만 벗어나려는 수희를 억지로 붙잡아 어디 가지 못하게 온몸으로 막았다.

"어디 봐. 약만 바르고 가자. 제발."

진짜 움직일 수 없는지 아니면 포기한 건지 잠자코 있었다. 그 틈에 얼굴부터 살펴보는데 뺨을 맞은 건지 붉었다. 뺨은 파스를 붙여야 하는데, 그런 건 가지고 다니지 않았다. 연고를 꺼내 까진 무릎부터 치료하고 밴드를 붙였다.

"젠장. 어디서 그랬어? 그 자식이지?"

너무 화가 나서 대답하지 않을 거라는 것을 알면서 물을 수밖에 없었다. 수희는 마치 기다렸다는 듯이 한 치의 망설임도 없이 소리쳤다.

"신경 쓰지 마. 너 아니었으면 이런 일도 없어. 그러니까 더 이상 신경 쓰지 마. 네가 나한테 관심을 가지니까 이러잖아. 너만 없었으면 나한테 이럴 일 없었어. 다 너 때문이야."

악을 쓰며 화를 내는 수희는 처음이었다. 그런데 그게 오히려 안심이 되었다. 차라리 이렇게 내 탓하며 화를 내는 수희라면 잘 버틸 수 있지 않을까 생각했다.

"그래, 나 때문이야. 네가 이런 건 나 때문이니까 내 탓을 해."

차마 바라보지 못하고 말하자 그녀는 진영을 때리며 소리쳤다.

"그래, 너 때문이야. 너 아니었으면 난 다 괜찮을 거야. 아무도 나한테 신경 쓸 일 없었을 거고, 너 만나기 전처럼 그렇게 편하게 살았을 거야."

잠자코 듣고 있자니 뭔가 이상했다. 단순히 날 원망하는 게 아닌 것 같았다.

"오늘 무슨 일 있었어? 왜 그래?"

"그렇게 가슴 아픈 눈으로 보지 마. 이젠 내가 어떤 꼴이든 네 알 바 아니니까 신경 쓰지 말라고. 네 인생 살란 말이야."

악을 쓰며 소리치는 그녀의 말이 진심이 아니라는 것은 알 수 있었다. 말하는 동안 눈을 질끈 감고 허공에 대고 소리치고 있었기 때문이다. 하지만 이상했다. 마치 누군가에게 무슨 말이라도 들은 것 같았다. 무슨 말을 어떻게 들었는지 자세히 묻기엔 우리에게 시간이 부족했다. 어차피 보지 못할 사이라면 이대로 그녀가 나를 원망하는게 차라리 나았다. 그래서 그녀가 조금 덜 아프다면 그걸로 충분했다. 오늘따라 유독 힘들어 보이는 수희에게 등을 보이며 앉았다.

"업혀. 집에 데려다줄게."

"싫어."

당연히 순순히 업히지 않을 거라는 것은 알았다.

"네가 싫다면 억지로 할 수밖에."

반항하는 그녀를 등에 업고 걸었다. 지친 그녀는 아무 말도 하지 않고, 내게 기댔다. 오늘 그녀의 일상을 엿본 것 같아 나도 모르게 눈물 한 방울이 맺혔다. 수희는 그의 생각대로 너무 피곤했다. 하교하는 길에 그놈은 내가 자주 다니는 길목에 서서 기다리고 있었다. 늘 그렇듯 능글맞게 웃으며 자기한테 오라고 손짓했다. 신경 쓰지 않고 지나가려는 데 발을 걸었고 넘어졌다. 무릎이 까지면서 발목도 살짝 부은 건지 아팠다. 그렇게 앉아 있는데, 그놈이 앞으로 다가와 눈 높이를 맞췄다.

"가서 꼭 일러라. 알았지?"

괜히 화가 나 노려보니, 손바닥이 날라왔다. 입안에 피 맛이 나면서 울음이 나왔다. 괜히 연약하게 보이기 싫어 꾹 참았다.

"참을성은 졸라 좋아. 그건 인정. 너한테 불만 따위가 있는게 아니야. 이건 다 진영이 때문이야? 알겠어? 그러니까 원망하려면 내가 아니라 진영이한테 해."

괜히 그 말을 들어서 진영에게 쓸데없는 말을 했다. 행여 상처받으면 어쩌지 하는 뒤늦은 후회가 밀려왔다. 그리고 이젠 그만 용서할까 싶은 생각도 들었다.

깊은 잠을 자고 일어나 눈 뜨면 진영이에게 말하겠다고 마음먹었다. 그러나 눈을 떴을 때 진영은 가고 없었다.

"할머니, 진영이는?"

"진영이가 왔었어?"

"아니야, 안 왔어. 식사 금방 차려 줄게."

꿈인지 생시인지 헷갈렸다. 그때 무릎에 있는 대일밴드가 보인다. 우리 집에는 그런 게 없으니, 진영이 붙여준 것이다. 꿈이 아니었다. 자신이 누워 있던 방문을 열었다. 아까는 보지 못한 스케치북과 물감, 색연필, 사인펜이 있었다. 불길한 예감이 들었다. 다음 날 바로 진영의 교실로 갔다. 그런데 없었다. 이상하게 진영이 앉았던 자리는 처음부터 빈자리였던 것처럼 비어 있었다.

"저기, 철수야! 진영이는?"

"전학 갔어!"

"언제?"

"어제."

"어디로?"

"그건 모르겠네."

철수는 구태여 진영이 어디로 갔는지 말하지 않았
다. 진영이 학교에서 보이지 않는다면 분명 그놈이 그
녀에게 찾아갈 게 뻔한데, 괜히 말해 곤란하게 하고
싶지 않았다. 수희는 빈 책상만 바라보다 자기 교실로
돌아갔다.

그놈은 철수가 예상한대로 수희를 찾아왔다.

"야, 류수희? 네 흑기사 어디 갔냐?"

"몰라."

"몰라?"

그놈은 수희가 거짓말을 한다고 생각했는지 머리
채를 잡아당겼다.

"날 보고 말해야지."

"모른다고."

수희도 짜증이 나 있었다. 모르는 걸 모른다고 말하
는데, 그걸 의심하는 그놈이 더 짜증이 났다. 그만 자
길 놓아주면 좋겠다고 생각할 뿐이었다.

"진짜 모르나 보네. 우는 걸 보니."

우는 줄도 몰랐다. 손등으로 느껴지는 눈물이 당황
스러웠다.

"뭐야? 이거! 됐다. 진영이 없으면 너한테 볼일 없

어. 가자."

그놈은 의외로 조용히 물러났다. 그놈이 교실을 나
간 후에야 어제 그에게 소리친 게 생각났다. 어쩌면 자
기의 괴롭힘은 그녀의 말대로 진영 때문이었는지도
몰랐다. 그 말이 사실임을 증명하듯이 진영의 그림자
가 서서히 걷어지면서 조금씩 수희를 직접 괴롭히는
존재들이 사라졌다. 대신 그녀를 그림자처럼 대했다.
그림자로 산다는 것은 외롭다는 한마디로 표현하는
것도 부족했다. 그때 수희에게 반가운 소식이 들렸다.

"이번에 우리 학교에 미술반이 신설되었다. 지원자
있나? 성적만 상위권을 유지한다면 수업 빠지는 것도
인정해 준다."

이 말에 상위권에 있는 친구들이 손을 들었다. 그때
선생님은 의미심장한 말을 던졌다.

"대신에 대회 나가서 꼭 입상한다는 조건이 있다.
자, 이름 불러?"

그 말에 교실이 조용해졌다. 그때 수희가 손을 들었다.

"류수희?"

"네. 저요. 수업은 얼마나 빠질 수 있어요?"

"네가 성적이? 너 우리 반 2등이었냐? 이거 유지한

다면 얼마나 빠져도 상관없다."

"그러면 저 지원 할래요."

"네 그림 실력이면 입상도 가능하겠네. 그러면 우리 반 대표는 너다."

그때부터 수희는 거의 미술반에서 살았다. 미술반엔 수희 말고 지원한 학생이 아무도 없었다. 아무래도 성적 유지와 입상 조건을 맞춘다는 게 부담이 컸을 것이다. 수희는 미술반에서 온종일 그림을 그리고 집에 가서 교과서를 정리했다. 그렇게 성적을 유지하기는 힘들다는 생각이 들었다. 성적이 떨어질 거라는 두려움보다 유령 같은 존재로 교실에 앉아 있는 게 더 싫었다. 그때 구세주처럼 철수가 나타났다.

"야, 류수희?"

"어? 철수 네가 웬일이야?"

철수가 미술반에 방문한 이유를 몰라 당혹스러웠다.

"너도 그림 그리는 거야?"

"내가 무슨 실력으로? 니도 참 농담이지? 나른 거 아니고, 노트 빌려주려고 왔다. 성적 유지 해야 한다며? 아무리 네가 공부를 잘해도 독학은 힘들잖아. 내가 공부는 못해도 필기는 잘하거든."

반가운 소리에 수희는 철수의 의도는 생각할 겨를도 없이 고마울 뿐이었다.

"나는 뭐로 보답하지?"

"너 잘하는 거 있잖아. 가끔 습작 나 줘. 나도 네 그림 좋거든."

"습작? 진짜 그거면 돼?"

의외라는 생각에 되물었다. 진영 말고 내 그림에 관심 있어 하는 사람은 처음이었다.

"응. 그거면 돼. 자 노트! 그림은 언제쯤 가지러 오면 돼?"

"아, 여기 있어. 당분간은 스케치만 연습할 거라 그것밖에 없는데, 괜찮아?"

"그림의 일자무식인 내가 봐도 멋있다. 좋았어. 계약 성립. 내일 보자."

그렇게 수희는 철수 덕에 성적을 유지할 수 있었다.

중학교 1학년이 끝나갈 때쯤 수희에게 큰 사건이 생겼다.

"할머니, 나 학교 다녀올게."

"……"

평소였다면 문을 열고 인사를 할 할머니였는데 아무 말도 없었다. 왠지 불길한 느낌에 문을 조심스럽게 열었다. 미동도 없이 누워있는 할머니 모습. 아주 느릿한 동작으로 방 안으로 들어가 옆에 앉았다.

"할머니, 나 학교 간다고."

살짝 흔들었으나, 여전히 반응이 없다.

"할머니?"

손가락을 코에 대어 보았다. 바람이 없었다. 그대로 망연자실한 모습으로 앉아 있었다. 점심때가 되었을 때 담임이 왔다.

"수희야? 집에 있니?"

답이 없는 초가를 보던 담임은 수희의 신발이 있는 방문을 열었다. 미동도 없는 할머니와 그 옆에 멍하게 앉아 있는 수희가 보였다. 더 이상의 말은 필요가 없었다. 바로 119를 불렀고, 그렇게 할머니의 장례가 시작되었다.

그날 처음으로 아버지라는 사람을 만났다.

"많이 컸네?"

아버지와 딸의 만남이었는데, '보고 싶었다.' 한마디가 없었다. 아버지라는 사람은 장례식장을 제대로 지키고 있지도 않았다. 부의금만 받고, 마지막 날 밤 사라져 버렸다. 장례를 끝내고 집에 갔을 때 방 문이 떨어졌고, 서랍장은 엎어져서 흡사 도둑이 든 것 같았다. 자신보다 돈에만 관심있는 아버지라는 것을 알았다 하더라도 수희는 아버지가 그리웠다. 막 현관을 나서는 아버지의 옷자락을 잡았다. 그런데 그는 내가 자신의 인생의 걸림돌이라는 말과 함께 매정하게 손을 뿌리쳤다. 그 후로 혼자 초가에서 지냈다. 아버지가 버젓이 살아있으니, 정부 지원도 보육원도 갈 수 없었다. 그런 수희가 딱한 석민과 현경은 함께 자주 들락날락하며 살폈다.

진영을 보내고 난 뒤에 이런 일이 생길 거라고는 생각도 못 했다. 이럴 줄 알았으면 보내지 말았어야 하는 걸까? 아니 내 아들만 생각하면 보낸 게 맞았다는 생각도 들었다. 이중적인 생각 속에 죄책감만 늘었다.

"수희야, 밥 먹어야지."
삼일장을 치르는 내내 수희는 한 끼도 먹지 않았다. 그런 그녀를 지켜보는 현경은 내내 마음이 좋지 않았다. 어린 수희를 혼자 내버려둘 수도 없고, 그렇다고 적극적으로 나서기도 뭐 했다. 그때 병원사람들이 어린 수희에게 말하는 것을 들었다.

"계속 봐 드릴 수는 없어요. 학생, 어른 없어요?"

"무슨 일이신가요?"

병원 직원들은 장례 비용이 미납되어 이러지도 저러지도 못하고 있다고 하소연했다. 현경은 마을 사람들과 십시일반 돈을 모아 할머니의 장례 비용은 물론 화장까지 해 납골당에 안치했다. 어찌 정리가 끝나고 집으로 돌아온 수희의 첫마디는 거짓말이었다.

"저 괜찮아요. 이제 가셔도 돼요."

"아무것도 먹지 않으면서 뭐가 괜찮다는 거니? 너 먹는 거 봐야 나도 가지."

현경은 수희 입 앞에 숟가락을 가져다 대었다. 겨우 한 숟갈을 먹던 수희는 헛구역질하며 음식을 뱉어냈다.

"수희야. 괜찮니?"

"아니요. 괜찮지 않아요. 보고 싶어요. 보고 싶어요."

현경은 주어기 진영임을 알았다. 미안함에 고개를 돌렸다. 집안 곳곳을 살피던 석민은 못 들은 척할 뿐이었다. 한동안 정신도 차리지 못했던 수희는 장례를 치르고 일주일 후에 겨우 등교했다. 그 사이 대회 날

짜가 잡혔다. 신문사에서 개최하는 것이었기에 지도 교사는 나가도 되고 안 나가도 된다고 했다. 굳이 나가겠다고 고집을 부린 건 매진할 것이 필요했기 때문이다. 그리고 또 그랬다. 매일 연습하기를 반복한 결과는 역시 입상이었다. 그러나 하나도 기쁘지 않았다. 무덤덤하게 상을 타러 나가는 수희의 표정이 신문사를 통해 퍼져나갔고, 이 모습은 아버지의 눈과 귀에 들어갔다.

그의 아버지 류준호는 화가가 꿈이었다. 어릴 적에 그도 웬만한 신문사나 작은 대회에서는 곧잘 상을 타기는 했다. 그러나 전국대회에서는 한 번도 입상하지 못했다. 게다가 대학 입시 때에도 처참하게 낙방한 그는 결국 꿈을 포기해야 했다. 그런데 수희가 재능이 있었다. 신문에 유명한 화가들의 칭찬 일색인 것을 보니 배알이 꼬여 잠을 이룰 수가 없었다. 준호는 밤중에 술을 마시고 수희를 찾아갔다.

"내 재능 훔쳐 간 이년 어딨어?"

아버지의 목소리에 반가운 마음에 나갔다. 문 앞에 서 있던 그는 술에 취해 무서운 눈으로 쳐다볼 뿐이었다. 준호에 무시무시한 폭언과 폭력이 수희를 지나갔다. 결국 정신을 잃고 쓰러진 뒤 새벽에 되어서야 일어났다. 눈을 떴을 때 그녀는 아픔보다 그저 슬펐다.

'나는 행복할 수 없나 봐.'

눈물이 계속해서 앞을 가렸다. 준호의 폭언과 폭력이 지나간 후 또다시 대회가 잡혔다. 수희는 이번에도 참가했다. 이유는 단 하나. 진영을 보기 위해서였다. 아버지의 폭력과 폭언은 진영이 보고 싶다는 그리움에 비하면 아무것도 아니었다. 게다가 수희가 대회에 매진하게 된 이유는 현경이 한 말 때문이기도 했다.

"진영이가 서울에서 그림 대회에 나가서 입상했다고 하더라."

"대회에 나가면 진영이 볼 수 있어요?"

"응? 그건 모르지. 아마도 볼 수 있지 않을까?"

대회보다는 다른 것에 관심이 있는 수희를 보며 현경은 한숨이 나왔다. 수희의 그림을 보고 추상화에 재능이 있다는 것을 알았다. 자신도 한때는 유명한 화가였다. 그러나 교통사고로 인해 손가락을 제대로 굽히지 못하게 되었다. 당연히 섬세한 표현은 할 수 없었고, 한때 미술 선생님으로 교직에 머물렀다가 석민을 만나 결혼하면서 전업주부가 되었다. 그랬기에 자신과 같은 추상화에 소질이 있는 수희를 아꼈다.

"수희, 넌 소질이 있어. 내가 가르쳐 줄게."

좋은 스승을 만나서인지 그림 실력은 날로 늘었다. 그러나 하나도 기쁘지 않았다. 상을 탈 때마다 찾아와 행패를 부리는 준호, 그리고 대회장에서 한 번이라도 마주칠까 했던 진영은 볼 수 없었기 때문이다.

"수희야, 축하해."

현경이 케이크를 사 들고 호들갑을 떨었다. 수희는 그런 현경을 빤히 바라보기만 했다.

"저기, 이모?"

현경의 요청으로 호칭을 바꾸었다.

"응?"

"진영이 언제 와요? 이제는 안 와요?"

수희의 물음에 현경은 난감했다. 솔직히 그녀도 잘 모른다. 원래 1년만 가기로 한 전학은 벌써 2년이 되어가고 있었다. 진영이 오지 않고 있었다. 이유도 말하지 않고 오지 않는 아들에게 가라고 한 부모가 오라고 하기도 뭐해서 두고 보는 중이었다.

"아마도 거기서 대학까지 다니지 않을까? 어차피 대학에 가려면 서울로 가야 하는데, 이래저래 그쪽에 있는 게 더 유리하니까."

"그렇군요. 그 말은 이제 오지 않는다는 말이죠?"

시무룩한 수희를 보는 게 싫었다. 그동안 수희를 보살피면서 현경도 수희가 딸처럼 좋아졌다. 예의 바르고 싹싹한 아이가 항상 우울해 있는 모습이 자기 탓인 것만 같아 늘 미안했다.

"이모, 이젠 혼자 살아야 하네요. 저."

갑자기 표정을 굳히더니 말하는 게 걱정이 되었다. 제법 어른처럼 말하는 그녀는 아직 중학생이었다.

"이모하고 삼촌이 있잖아. 왜 혼자라고 생각해."

"그렇죠. 이모하고 삼촌이 있죠. 항상 고마워요. 진영이 뒷바라지도 힘드실 텐데, 저까지 챙겨주시고 늘 감사한 마음 갖고 있어요. 이렇게 그림 가르쳐주시는 것도 너무 감사해요."

감사하다며 우는 것은 또 뭔가? 케이크의 붉은 불씨가 꺼지고 있는 것을 바라보는 수희는 마치 자기 모습을 보는 듯이 아련해 보였다. 수희는 현경의 가르침 때문인지 준호의 대한 반항심 때문인지 날로 실력이 늘었다.

진영은 수희의 소식을 철수에게 들으면서 늘 기분이 좋았다. 대회에 수상하는 그녀를 따라 열심히 노력해 대회에 나갔다. 이유는 그녀와 같았다. 한 번은 볼 수 있지 않을까? 같은 이유로 대회에 참가한 그들은 단 한번도 본 적은 없다..

　서울 큰이모는 그의 실력을 인정하면서 적극적으로 지원해 주었다. 자식이 없던 이모네의 지원은 유명한 강사부터 시작이었다. 일주일에 한 번씩 일대일 집중 강의를 들으면서 그의 실력도 늘었다. 그가 다시 고향으로 돌아가지 않는 이유가 이 때문은 절대 아니었다. 오직 하나. 더 이상 그놈이 수희를 괴롭히지 않기 때문이었다. 만약 내가 돌아간다면 다시 수희를 괴롭힐 게 뻔한데, 돌아갈 수는 없었다. 보고 싶은 마음은 굴뚝이었으나 그건 철수가 보내주는 그림으로 대신했다. 수희가 그린 그림으로 진영의 컬렉션이 차곡차곡 모였다.

　"와, 이거 누구 그림이야? 진짜 잘 그렸다."

　어느 날 큰이모가 방을 치우다 수희의 그림을 보았다. 그림에 대해 전혀 모르는 큰이모가 보기에도 수희의 그림은 우수했는지 넋을 놓고 그림을 보고 있었다.

괜히 내가 뿌듯해 진영은 콧등을 만졌다.

"진영이 왔어? 이거 누가 그린 거야? 학생이야? 이 아이도 내가 지원해 주고 싶다."

"그림 진짜 잘 그리죠? 제 친구예요."

"네 친구? 어디 사니? 한 번 데리고 와. 보고 싶다. 어떤 아이니?"

큰이모의 말에 눈시울이 붉어졌다. 그동안 보고 싶 다는 생각을 꾹꾹 누르고 있었는데, 큰이모의 보고 싶 다는 말이 진영의 가슴을 건들고 말았다. 그림에 한눈 팔던 큰이모가 대답이 없는 진영을 보았을 때, 자리에 주저앉아 울고 있었다. 괜히 미안해진 큰이모는 진영 을 안아주었다.

"네가 좋아하는 그 아이이구나. 미안해. 이모가 실 수했네."

매번 철수라는 아이와 통화하는 소리를 들었다. 전 화기 너머 우연히 들은 '수희'라는 아이, 얼핏 들어도 진영이가 아주 좋아한다는 것을 일았다.

진영은 한참을 자리에서 일어나지 못했다. 저녁 무 렵 평소에 다르게 조용한 진영이 걱정되었다. 밥도 먹 는 둥 마는 둥 하더니 가지 방으로 들어가 나오지 않았다.

다음 날 저녁, 철수에게서 전화가 왔다.

"여보세요?"

"진영이니?"

"응, 나야."

철수가 능글능글하게 웃었다.

"그림 받았어?"

"응, 고마워. 덕분에 좀 났다."

"언제 올 거야?"

질문과 동시에 철수의 의도를 파악한 진영도 철수도 아무 말도 못 했다.

"그 자식 전학 간다는 소리가 있더라."

"응?"

철수는 진영이 돌아오지 못하는 이유를 정확하게 알고 있었다. 그랬기에 이번에는 그놈의 소식도 물어다 주기로 했다.

"정확한 건 아닌데, 그런 소문이 있더라고. 수희는 괜찮아. 내가 보기엔 그래 보여. 확실하지는 않다. 워낙 자신을 잘 숨기는 아이이니까."

"응. 아무튼 고맙다."

전화를 끊은 진영은 생각이 많아졌다.

할머니의 첫 기일이 찾아왔다. 이번에도 진영이의
부모님께서 도와주셨다. 가볍게 차린 거라는 말과 달
리 있을 게 다 있었다. 수희 혼자였다면 절대 올려드릴
수 없는 떡과 생선과 고기까지 푸짐한 제사상이었다.

"고맙습니다."

"그래, 그거면 돼. 첫 제사이니까 잘 챙겨서 인사해
야지."

"네."

절이 끝나기 전에 울음보가 터졌다. 평생 함께 살
줄 알았다. 하루아침에 혼자가 되어버린 수희에게 세
상은 가혹하기만 했다.

"할머니, 보고 싶어. 나 너무 외로워."

현경과 석민이 채워주지 못하는 것이었다. 수희의
외로움은 안아주는 것으로 대신하기엔 공백이 커 보
였다.

"수희야, 일어나야지. 할머니 그러다 못 가시겠다."

"……. 네. 할머니는 가. 가서 평안하게 계셔요. 우리
엄마 만나서 내 얘기 잔뜩 해줘. 아기 때 보고 못 봤을

테니까 우리 엄마한테 할머니가 가서 궁금한 거 다 알려줘. 알았지?"

엄마를 핑계로 할머니를 보냈다. 가셨는지 안 가셨는지 그건 모를 일이다. 그래도 내 마음에서는 그렇게 할머니를 보냈다. 모든 제사가 끝나고 저녁, 수희는 혼자 먹기에 많은 음식이 걱정이었다.

"저 많은 거 어떻게 해요? 우리 집 냉장고도 없는데."

"냉장고 있어. 내가 할머니 방에 놓아두었단다. 콘센트가 거기밖에 없어서 어쩔 수 없었어."

"네?"

"중고야 부담 갖지마. 이모가 쓰던 건데, 바꿀 때가 되어서 바꾼 거야. 아직 쓸만하니까 너 대학 들어갈 때까지는 잘 버텨 줄 거야. 고장 나면 맥가이버 이장님 알지? 석민 삼촌 불러. 저기 냉장고 옆에 전화로."

"전화기까지?"

"너 혼자 있잖아. 너무 걱정되어서 두었다. 전화번호는 이모하고 삼촌만 알아."

"네. 감사합니다. 이모."

몸 둘 바를 몰라 고개만 연신 숙였다.

"과일은 잘린 거 먼저 먹고, 고기와 전은 당장 먹을

거는 냉장고에 두고 나머지는 냉동 칸에 이모가 조금씩 넣어둘 거야. 아끼면 버려야 하니 꺼내서 냉장고에 하루 두면 녹으니까 잘 데어서 먹어. 전기밥통도 이모가 사뒀으니까 끼니 거르지 말고. 알았지?"

"네. 이모. 감사합니다. 진짜 감사합니다."

"감사하면 공부 더 열심히 해. 2등 말고 1등 해. 그리고 그림도 열심히 그리고."

"네."

진영이 두고 간 선물이었다. 진영의 부모님은 항상 자길 딸처럼 챙겨주었다. 그래서 더 미안하고 고마웠다. 진영은 없고, 학교에서는 아무도 수희에게 말을 걸어오는 사람은 없었다. 교실에 들어가는 날은 더 적어졌고, 철수는 매일 노트를 가져와 수희를 도와주었다. 이상한 소문이 돌아도 개의치 않았다.

중학교 3학년 담임은 그녀에게 예술고등학교를 추천했다. 그녀가 지원을 받을 수 있게 도와주려 알아봤다. 그러나 매번 이비지 준호가 걸렸다. 어쩔 수 없이 공립을 추려서 가기로 했다. 학교에 가는 것이 문제가 아니라 준호의 지원이 없으면 유지가 힘든 게 현실이기 때문에 집에서 먼 곳도 갈 수 없었다.

"수업은 이제 안 들어올 거야?"

"아뇨. 그냥 연습하다 잊은 거예요."

거짓말이었다. 교실에서 그림자로 있을 바엔 혼자 미술반에 있는 게 더 편했다. 그러나 그렇게 말할 수는 없었다. 교무실을 나와 미술반으로 올라가는 길 비가 왔다. 아무도 없는 교실 복도에서 비 오는 운동장을 바라보고 있으니 진영이 더욱 생각났다. 비가 오면 산길 어둡다며 데려다주던 녀석인데, 오늘따라 유달리 보고 싶다.

미술반으로 올라와 하얀 캠퍼스에 스케치를 시작했다. 교실은 점점 굵어지는 비로 인해 어두워졌다. 그건 그림을 그리는데 전혀 문제가 되지 않았다. 얼마나 집중하고 있었는지 모르겠다. 문득 들린 목소리에 깜짝 놀랐다.

"나네!"

너무 놀라 캠퍼스에 연필의 굵은 선이 그려졌다. 수희는 눈앞에 있는 사람의 모습에 정신이 없었다. 번개가 칠 때마다 보이는 건 진영이었다. 진영은 환하게 웃으며 나를 쳐다보고 있었다.

"수희야."

눈을 깜박거리며 몇 번이나 확인했다. 그런데 진영이 맞았다. 분명 그였다.

"네가 왜?"

절대 오지 않을 거라 생각했던 이가 눈앞에 있으니, 현실감이 느껴지지 않았다. 뭐라 표현할지 할 말도 없었다.

"보고 싶었어. 잘 있었냐?"

"너 안 온다고, 이모가 그랬는데."

"나 안 온다고 안 했는데, 그냥 좀 늦은 것뿐이지."

예전부터 봐온 그 미소였다. 진영이 확실하니 눈물이 나왔다. 그동안 보고 싶던 마음이 쏟아져 나와 화가 나기도 했다.

"너? 너!"

"응. 나 여기 있어."

"어떻게 말도 없이 갔어? 어떻게 아무 말도 없이 갈 수가 있어?"

"말했어. 네가 자고 있었던 거지!"

진영은 수희를 집에 데려다주고 그냥 가려고 했다. 그런데 잠든 그녀가 너무 예뻤다. 처음으로 들어간 그녀의 방에는 내 그림이 한가득 했다. 내가 웃는 모습, 화내는 모습, 자는 모습까지 처음 만난 그날부터 현재까지 사진처럼 그려져 있는 게 눈을 뗄 수가 없었다.

'언제 그렸지? 거의 내 자는 모습이네. 하긴 많이 자기는 했지. 너하고 있으면 그렇게 잠이 오더라.'

문득 무표정한 수희의 첫인상이 생각났다. 수업하는 내내 아무 말도 없는 아이, 선생님의 선택을 한 번도 받은 적 없던 수희는 수업 중에도 노트에 그림을 그리며 보냈다. 그러다 처음 본 미소. 그게 미술 시간이었다.

'그때 너 진짜 예뻤어. 나 이 세상에서 너처럼 예쁜 애는 처음 봤잖아.'

다시 생각해도 그때 수희는 천사였다. 그 미소에 반해 지금까지 곁에 있었는지도 모르겠다. 좋아한다는 것을 알기도 전에 좋아해 버렸고, 아낀다는 생각도 하기 전에 벌써 아끼고 있었다. 드라마에서 보던 사랑을 하는 자신이 대견하기도 하고 이상하기도 했다.

'나, 너 좋아한다. 수희 네가 좋아. 친구 말고 여자로 말이야. 그런데 이 말 하면 우리 사이 바뀔까? 너는 나 어떻게 생각해? 진짜 궁금하네.'

입 밖으로 낸 것도 아닌데, 얼굴이 화끈거렸다. 행여 수희가 들었을까 걱정한 것과 달리 곤히 자고 있을 뿐이다.

'보고 싶을 거야. 수희야.'

아주 조심스럽게 수희의 뺨을 어루만졌다. 이내 인상 쓰는 모습에 손이 부들부들 떨렸다. 얼마나 무서웠을까? 내가 없는 곳에서 매일 괴롭힘 받으면서 혼자 묵묵히 참아냈을 모습이 그려지자 다시 눈물이 났다. 행여 들킬까 소매로 쓱 닦아내고, 부엌으로 향했다. 어머니가 주신 손수건에 물을 묻혀와 수희에 뺨에 올렸다. 찬 기운에 깜짝 놀라 일어나는 건 아닐지 걱정됐다. 그것도 잠시 오늘 꽤 피곤했던지 가만히 있는 게 더 애처로워 보였다.

'너한테 무슨 일 생기면 바로 올게. 알았지? 내가 바로 올 테니까 걱정하지 말고 잘 있어야 해.'

찡그리는 표정에 마음이 아려왔다. 업혀 오는 동안 밴드가 떨어진 무릎엔 다시 연고를 바르고 밴드를 붙여주었다. 처치 중에도 아픈지 신음이 들렸다. 그러고 보니 발목도 살짝 부었다. 벌써 내일이 걱정되었다. 자기는 내일이면 여기 없는데 말이다.

'널 어떻게 하면 좋을까? 내가 없는 네가 난 너무 걱정돼. 수희야. 아무도 널 지켜주지 않는걸 아는데, 그런 학교에 널 혼자 두고 가는 게 사실 나, 너무 겁나. 행여 네가 완전히 혼자가 되어서 정말 더 힘들어지는 건 아닐까? 걱정돼. 수희야.'

하고 싶은 말을 겨우 삼키며 조금이라도 괜찮길 바라는 마음으로 발목을 부드럽게 마사지했다. 수희의 표정이 안정되었을 때쯤 방안에 수희와 단둘이 있다는 게 의식되기 시작했다. 게다가 수희 방은 처음이었다. 설레는 감정보다 걱정이 앞서서일까? 두근거리던 심장은 퉁퉁 부은 뺨에 머물면서 가라앉아 버렸다.

'아프지 마. 제발. 내가 없는 동안 부디 아무 일 없이 지내. 알았지?'

당부를 잊지 않았다. 지금은 이게 최선의 선택이라고 나를 위로했다. 수희 방에 무수하게 그려진 내 초상화, 내가 잠든 그 수많은 시간을 수희는 그림을 보내면서 보냈을 것이다. 그런 그녀를 생각하자 좋은 생각이 났다. 가방에 있는 무지 노트를 꺼내 스케치를 시작했다. 이제 가면 언제 볼 수 있을지 모를 일이었다. 모델인 수희는 몸부림도 없이 가만히 있어 주었다. 잠든 모습이 너무 예뻐 하마터면 몰래 키스할 뻔했다. 수희에게 다가가는 자신을 발견한 진영은 흠칫 놀라 다시 벽에 엉덩이를 붙이고 그림에만 몰두했다. 색연필로 명암과 색을 입혀 더 생기 있는 수희를 그려갔다.

그림이 완성되어 갈 때쯤 해는 이미 지고 있었다. 여전히 깊은 잠에 빠진 수희를 바라보며 다짐했다.

"수희야, 나 서울 가기로 했어. 진짜 가고 싶지 않아. 그런데 어쩔 수 없대. 미안해. 이렇게 너 혼자 두고 가서 미안해. 하지만 다시 돌아올 거야. 그러니까 기다려줘. 알았지?"

내 목소리를 들었을까? 뒤척거리는 모습에 입을 틀어막았다. 잠꼬대로 내 이름을 불렀다.

"미안해. 진영아, 아까는 말이야. ……."

뒷말은 무슨 말인지 알 것 같았다. 착한 수희라면 자기 말에 내가 상처받았을 거라 생각했을 것이다.

"괜찮아. 나 괜찮아. 이시 자. 수희야. 푹 자고 내일부터는 씩씩하게 잘 있어야 해."

아쉬움에 슬쩍 손을 잡았다. 그녀의 손이 이렇게 작은 줄 몰랐다. 이제 일어나려는데 잠결에도 힘을 주는 모습에 차마 억지로 빼내지 못하고 완전히 잠들 때까지 기다렸다. 드디어 힘이 빠진 손이 벌어졌을 때 손을 놓고 일어섰다. 더 있으면 있을수록 헤어지고 싶지 않다는 생각만 짙게 들었다. 그래서 미련을 잘라내듯 뒤돌아보지 않고 일어서 밖으로 나왔다.

"할머니, 저 서울 가요. 다시 올게요."

청력은 물론 시력도 나쁜 할머니는 작은 인기척 소리에는 있는지 없는지도 몰랐다. 내가 부엌을 왔다 갔다 하는 동안에도 전혀 모르던 할머니였다. 그래서 참 다행이었다. 할머니와는 이별하지 않아도 되는 것 같아서 말이다. 산에서 내려오는 동안 그녀의 뺨을 차갑게 식혀주던 손수건이 뜨겁게 데워지고 있었다.

그때를 회상하며 수희를 쳐다보니 원망 가득한 얼굴이 여전히 울고 있었다. 가까이 다가가 눈물을 손으로 쓱 닦았다. 힘없이 울고 있는 수희를 내 품으로 당기니 조용히 안겨 왔다.

"이젠 소리 내서 울어도 돼. 내가 왔으니까 걱정하지 말고 실컷 울어. 내가 다 받아 줄게."

"거짓말쟁이, 너는 거짓말쟁이야."

"응. 그래. 나 거짓말쟁이 맞아. 하지만 약속은 지켰다."

비는 그칠 줄 모르고 계속 내렸고, 수희의 눈물도 마찬가지였다. 굳이 울지 말라는 말은 안 했다. 그동안 힘들었을 수희가 잠시라도 모든 걸 잊고 실컷 울게 하고 싶었다. 얼마나 흘렀을까? 나를 밀어 내며 품에서 떨어졌다.

"언제 왔어?"

"지금. 지금 왔어."

"어떻게 왔어? 잠시 온 거야?"

"아니. 영원히 온 거야. 이제 네 곁은 절대 안 떠나."

"거짓말! 그러다 또 훌쩍 떠날 거지?"

"안 믿어도 돼. 내가 이제 믿게 해줄게."

"치. 맨날 말만."

수희는 미술반을 정리하기 시작했다. 진영이 덕에 시간이 꽤 늦었다는 것을 알았기 때문이다.

"마저 그려. 나잖아. 내가 모델 되어 줄게."

"됐거든."

그녀의 만류에도 진영은 의자를 가져와 아직 얼굴만 그린 그림을 따라 자세를 잡았다.

"자, 이제 그려."

"그러면 앞으로 2시간을 그러고 있어야 하는데, 괜찮아?"

"오늘 밤새도 괜찮아."

"과연?"

의미심장한 말투에 움찔했다. 그러나 의심은 접고 자세를 잡고 앉았다. 수희의 스케치가 시작되었다. 진영의 시선은 수희를 향하고 있었다. 처음엔 수희만 볼 수 있어 좋기만 했다. 점차 시간이 지남에 따라 몸이 힘들어졌다.

"아직 멀었어?"

결국엔 독촉하 듯 말을 꺼냈고, 수희의 말에 나도 모르게 자세가 무너지고 말았다.

"이제 스케치 끝났어."

"그러면 끝난 거야?"

"아니. 이거 왜 이러실까? 그림을 모르는 분도 아니시고? 이제 시작이거든!"

"모델이 쉬운 게 아니네."

"네가 자초한 거야. 움직이지 마."

"어. 미안."

자꾸 흐트러지는 자세를 잡으러 정신을 똑바로 차

렸다. 장난으로 시작한 일인데, 진지하게 해달라는 말에 이제 와서 다음에 하자는 말도 못하고 후회했다. 힘들어하는 그를 보면서 수희는 웃었다. 사실 이미 다 그린 그림이었지만, 그래도 시간을 끄는 이유는 아무래도 자길 두고 간 것에 대한 심술일 것이다.

"나 화장실 급해. 갔다 오면 안 될까?"

"음, 알았어. 갔다 와."

그렇게 풀려난 진영은 후다닥 교실을 빠져나갔다. 다리가 저리고 어깨와 허리가 뻐근했다. 아무도 없는 교실들을 지나쳐 화장실을 다녀왔다. 다시 미술반으로 들어가면 또 한 동작으로 앉아 있어야 한다는 생각에 문 여는 걸 망설이게 했다.

"왜 안 들어와?"

벌컥 열린 문 사이로 수희가 고개를 내밀었다. 잘못한 것을 들킨 사람처럼 등줄기에서 식은땀이 흐른 진영은 어색한 웃음만 지을 뿐이었다.

"들어가려고 했어."

고장 난 로봇처럼 뻣뻣한 자세로 걸어가던 진영은 이미 다 그려진 그림을 보고 할 말을 잃었다. 언제 다 그렸을까? 내가 나갔다 온 사이일까? 아니면 그전?

궁금함은 그림을 보는 순간 잊었다. 진실은 저편에 묻어두고 내 얼굴을 사진처럼 그려놓은 그림을 감상했다. 수희는 못 그리는 게 없었다. 사실화, 수채화, 추상화 다 잘 그렸다. 그중에 제일 멋있는 건 추상화였다. 자주 그리지는 않아 아쉬웠다.

"이제 집에 갈까?"

"몇 시야?"

교실 앞문 옆에 걸린 둥근 시계가 8시 42분을 가리키고 있었다.

"벌써 시간이 이렇게 됐어? 너 집에는 갔다 온 거지?"

"아니."

"너 미쳤어? 삼촌하고 이모가 걱정하겠다. 얼른 집에 가."

"싫어."

"왜?"

알면서 묻는 것일까? 아니면 모르는 것일까? 자신이 이런 날에 혼자 집에 보낸 적이 없는데, 그사이에 까먹은 것인지 집에 가라는 이유를 모르겠다.

"왜라니? 그새 잊었냐? 너 먼저 집 가고, 가자. 데려다줄게."

"치."

싫지는 않은지 미술반을 정리하는 손길이 왠지 즐거워 보였다. 그림은 여느 때와 마찬가지로 진영이 챙겼다. 화구 가방에 그림을 돌돌 말아 넣고, 교실 문을 잠갔다. 교무실에 들러 열쇠를 제자리에 두고, 나오려는 찰나 경비아저씨를 만났다.

"너 진영이니?"

"네. 안녕하세요. 아저씨. 잘 지내셨어요?"

"나야, 뭐. 많이 컸네."

진영을 모르면 간첩이라고 할 만큼 소문은 자자했다. 경비아저씨가 알 정도로 진영은 유명인이었다..

"너 있으니 다행이네. 맨날 늦게 나가는 수희 때문에 걱정되어서 와 봤다. 열쇠 가져다 두고 가는 거지?"

"네."

"잘 가고. 그러면 월요일부터 이 학교 다시 다니는 거냐?"

경비아저씨의 애정이 듬뿍 담긴 질문에 진영이 웃으며 답했다. 그러나 더 여기서 얘기를 하면 늦어질 것 같아 서둘러 작별 인사를 했다.

"네. 아저씨. 수고하세요. 저희는 가 볼게요."

"그래. 비 많이 오니까 조심해서 가. 수희도."

"네. 아저씨."

교문을 나오는 동안 이미 수희의 한쪽 어깨는 비로 흠뻑 젖어있었다.

"우산 잠깐만 들고 있어봐."

"왜?"

진영은 당연하게 윗옷을 벗어 수희 어깨에 걸쳐주었다.

"가방은 내가 들게. 가자."

거절하는 법이 없는 수희이니 이번에도 가만히 받았다.

"넌? 안 추워?"

"응, 나 운동하잖아. 그랬더니 추위는 잘 안 느껴져."

"거짓말."

"맨날 거짓말쟁이라고 하네. 아니거든. 얼른 가자. 이렇게 서 있으면 나도 춥거든. 걸으면 안 추워. 어서 가."

이젠 손잡는 건 자연스럽다. 너무 어릴 때부터 잡았던 손이다. 그래서인지 이렇게 손잡는 거에 의미는 없다. 그렇게 생각했다. 하지만 진영은 아니었다. 손바닥으로 전해지는 온기가 심장을 뜨겁게 한다는 것을 수희가 안다면 어떤 말을 할지 궁금할 정도였다. 그러면서 행여 나 아닌 다른 이에게 눈 돌리는 건 더 싫다. 벌써 수희는 진영에게 그녀가 되었고, 자신은 그녀 앞에 남자가 되어 있었다. 이 사실을 인지하는 순간이 너무 이른 것 같아 싫어졌다. 아직은 수희와 진영이 되고 싶었다. 이유는 몰라도 기분이 그랬다.

"진영아, 무슨 생각해?"

"어?"

"너, 왜 날 뚫어져라 쳐다봐? 안 가?"

"아, 가."

오늘따라 학교에서 집까지 거리가 너무 짧았다. 그저 아무 말 없이 걷기만 했는데도 벌써 산 입구였다. 그사이 길이 생겼다. 잘 포장된 길은 아니었지만, 흙탕물이 튀지 않게 두꺼운 짚이 깔려 있었다.

"누가 길 만들어 줬어?"

"삼촌이."

"삼촌? 누구?"

"석민 삼촌."

"언제부터 삼촌이 되었대."

대답은 하지 않고, 그냥 웃는 그녀였다. 그동안 부

모님이 내가 없는 동안 수희를 많이 챙겨준 것 같아서 다행이었다. 아버지가 만들어준 길 덕에 그리 힘들지 않고 집 앞까지 도착할 수 있었다. 그런데 집안은 사람의 온기라고는 전혀 없었다. 생전 할머니께서 계실 땐 집이 그리 커 보이지 않더니, 그녀 혼자라는 생각에 초가가 마냥 커 보였다.

"안 무서웠어?"

"응?"

"혼자 자는 거?"

"뭐가 무서워. 내 집인데. 안 무서워. 근데 알고 있었어? 할머니 돌아가신 거?"

순간 진영은 그녀가 무슨 말 할지 알 것 같아 뜨끔했다. 알았다면 와야 하는 거 아니냐고 원망하는 것 같았다. 아무 말도 안 하고 원망스러운 눈이 나를 향하자 시선을 피하고 말았다. 괜히 먼 곳을 쳐다보며 변명 아닌 변명을 했다.

"미안해. 그때 못 와서 미안. 와야 했는데, 대회가 있어서 못 왔어."

"할머니보다 그림이 더 중요했구나!"

"아, 그게 그렇게 되나? 아니야. 그건 절대 아니야."

사실 장례식장에 왔었다. 그림 대회를 마치고 큰이
모를 졸라 내려왔으나 차마 나설 수가 없었다. 정신
을 잃은 듯 앉아 있는 그녀 앞에 나설 용기가 없었다.
다시 그녀를 두고 서울로 올라갈 자신은 더 없었기에
눈물을 머금고 되돌아섰다. 괜히 그녀의 그리움을 건
드릴 바에는 비겁한 변명이 차라리 났다고 생각해서
한 말이 오히려 상처 준 것 같았다.

"네 진심은 알아. 몰랐겠지 대회 날에 할머니가 돌
아가실 줄 누가 알았겠어. 그리고 어떻게 네가 바로
알았겠냐? 나중에 알았겠지? 안 그래?"

괜히 내 편에서 말하는 그녀가 자신의 적당한 이유
를 찾으려 노력하는 게 오히려 더 미안해졌다. 더 변
명도 못 하고 그저 듣기만 했다. 한참 바라만 보던 그
녀는 생각이 정리됐는지 웃었다. 그 웃음은 씁쓸하고
슬퍼 보였다.

아무도 살지 않는 집처럼 조용하고 썰렁한 분위기
를 자아내는 초가에서 매일 어떻게 보냈을까? 그녀에
대한 염려가 걱정으로 이어졌다.

"아, 집에 전화기 있어. 현경 이모가 설치해 주셨어.
얼른 집에 전화해."

"어디 있는데?"

"할머니 방."

수희의 성화에 할머니가 생전에 계셨던 방으로 들어갔다. 냉장고와 전기밥솥, 전화기가 나란히 있었다. 그 외에는 여전히 아무것도 없는 방이었다. 그런데 방 한쪽 구석에 세워진 은색 둥근 식탁. 그리움이 밀려왔다. 할머니와 보냈던 시간이 진영에게도 아무것도 아닌 시간은 아니었다. 내게도 할머니는 가족이었다. 수희와 다른 또 다른 사랑이었다.

"전화했어?"

아무리 기다려도 나오지 않는 진영을 찾아 방으로 들어갔다. 고개를 젓는 진영의 눈에 있는 곳은 먹고 공부하던 둥근 식탁이었다. 눈을 보는 순간 알 수 있었다. 진영에게도 할머니는 그냥 할머니가 아니라는 사실을 말이다.

"할머니 아마도 엄마 곁으로 갔을 거야. 그러니까 그렇게 슬퍼 안 해도 돼."

"넌 괜찮아?"

스스로 컨트롤도 못 하는 녀석이 내 걱정을 했다. 그런 진영을 향해 웃으며 두 팔을 벌렸다. 영문을 모르겠다는 표정에 웃었다.

"내가 너 안아 줄게. 이리 와서 맘껏 울어."

그녀의 말에 웃음이 나왔다. 제법 내 흉내를 낸다고 말하는 모습이 귀엽기만 했다.

"됐거든. 네가 와."

막 수희를 안으려는 찰나 전화가 울렸다. 깜짝 놀란 그들은 동시에 전화기를 노려보았다.

"이모이신가 보다. 이 전화 이모하고 삼촌만 아시거든. 네가 받아."

"응."

진영이 전화를 받았다. 역시나 현경이었다. 그녀는 진영이 받았다는 사실만으로도 충분히 화가 나 있었다. 서울에서 혼자 내려가겠다고 고집부린 아들의 행방을 찾던 부모의 애타는 심정을 어린 아들은 몰랐다.

"너 뭐야? 전화 정도는 해줘야지. 그러라고 동전 만들어서 일부러 네 호주머니에 큰이모가 넣어준 거잖아."

"깜박했어요."

"아, 가족은 깜박하고 수희는 아니고?"

"흠, 흠, 뭐."

아들의 말 줄임표의 의미를 파악한 현경은 한숨을

쉬었다.

"아버지가 거기 있으란다. 데리러 간다고."

"네."

모자의 전화는 그렇게 끊겼다. 앞으로 30분의 여유가 있었다. 그 시간 동안 수희 곁에 있을 수 있었다. 진영은 장작더미로 가서 그나마 젖지 않은 장작을 가져와 방안에 불을 지폈다. 그 사이 그녀는 석민이 올 거라는 사실을 모른 채 저녁을 차렸다. 이러고 있으니 마치 신혼부부 같다는 생각을 한 진영은 귀까지 얼굴이 빨개졌다.

"너 오늘 이상하다. 무슨 생각해?"

"아니야, 불 때서 그래. 아, 뜨겁다."

고개를 가로젓는 모습에 그녀가 믿지 않는 것을 알았다. 그렇다 하더라도 솔직해질 수는 없었다. 마침 식사 중일 때 석민이 왔다. 두 손 한가득 싸 온 것은 수희가 먹을 반찬이었다. 일어서는 수희를 만류하고 현경이 시키는 대로 반찬을 정리했다. 괜히 미안함과 고마움이 섞인 수희는 석민에게도 저녁을 권했다.

"아니야. 나는 먹었어. 너희나 얼른 밥 먹어."

"네."

석민이 있어서일까? 아무 말도 없이 식사를 마친 그들은 누가 먼저랄 것도 없이 수희는 상을 치웠고, 진영은 설거지를 했다. 둘의 모습에서 익숙한 친숙함이 느껴졌다.

"손발이 척척 맞네!"

석민이 놀리듯 장난쳤다. 그러나 반응 없는 두 아이 때문에 괜히 머쓱해졌다.

"수희야?"

"네. 삼촌."

"우리 집 와서 같이 살래?"

"네?"

뜻밖에 제안에 수희는 망설여졌다. 하지만 이내 고개를 저었다. 간혹 오는 준호의 방문이 반가운 것은 아니었으나 아버지였고, 핏줄이었다.

"아뇨. 여기가 더 좋아요. 편하기도 하고."

"아버지께서는 자주 오시니?"

역시 준호는 어른이었다. 둘러대는 내 대답에 바로 이유를 찾아내었다.

"가끔요."

"오면 뭐 하시냐?"

그냥 묻는 말이었으나 흔들리는 수희의 눈동자에 당황했다. 별생각 없이 물었을 뿐이었는데, 뭔가 있는 기분을 지울 수가 없다.

"혹여?"

괜히 아들의 눈치를 보는 석민이다. 그걸 또 알아본 수희는 고개를 저었다. 때마침 설거지를 마치고 나온 진영은 이상한 분위기에 아버지를 쳐다봤다. 석민은 괜한 헛기침으로 분위기를 바꾸려 노력했다.

"조만간 지붕 손 좀 봐야겠다. 마을 청년회 삼촌들과 시간 맞춰서 오마."

"네. 매번 감사해요."

"그래, 문단속 잘하고, 창문은 좀 열어 놓고 자거라."

"네. 들어가세요. 너도 잘 가."

"응. 내일 데리러 올게. 학교 같이 가자."

"나 혼자 갈…?"

대답도 하기 전에 진영은 가고 없었다. 겨울이 되니 해는 짧아졌다. 7시인데도 밖은 어둠이었다. 다음날 아침, 오늘따라 일어나기 싫다.

"수희야, 학교 가자."

처음엔 잘못 들은 줄 알았다.

"아직 안 일어났어?"

놀란 마음에 문을 여니 진영이 있었다.

"너? 언제 왔어?"

진영은 툇마루에 앉아 있었다. 온 지 꽤 된 건지 숨 찬 목소리가 아니었다.

"나? 아마 6시쯤 될걸!"

"뭐? 그럼 그동안 뭐 했어?"

"할머니 방에서 잤어. 이불도 있길래."

자기 집처럼 말하는 게 어이가 없었다.

"야, 7시 20분이야. 학교 안 가?"

그 사이 20분이나 지났다는 소리에 놀란 수희는 헐 레벌떡 학교에 갈 준비를 했다. 그동안 교실에 들어가 지 않아 가방은 가볍기만 했다.

"어디 보자. 오늘 수업 시간이 국어, 영어, 사회다. 챙겨."

"왜?"

"너 교실에 한동안 안 들어갔다며? 오늘부터는 나 랑 가자."

웃으며 수희 방으로 들어온 진영은 그녀가 홀로 공부 하기 위해 나름 밑줄을 쳐놓은 교과서를 보며 한숨을 내쉬었다. 그녀의 가방을 열어 교과서를 넣는 동안 수희는 머리를 묶고 다른 방에서 교복으로 갈아입었다.

"가자. 가방은 내가 들게."

성큼 먼저 앞장서서 걷는 진영을 따라 여전히 어안이 벙벙한 채로 따라 걸었다. 그러다 그만 돌부리에 걸려 넘어질 뻔한 나를 가볍게 안아 잡아주었다.

"조심해서 걸어. 다칠라."

"응."

"손잡자."

"응."

요즘은 이상하게 손만 잡으면 진영이 말이 없다. 그런 그의 모습이 낯설다. 그렇다고 해서 그와 손잡는 게 싫은 것은 아니었다. 단지 늘 수다를 떨던 진영이 조용해서 어색할 뿐이었다. 원래 그의 손은 따뜻했다. 그런데도 겨울엔 손을 잡아 자기 호주머니에 넣었다. 작은 내 주머니보다 큰 진영의 호주머니엔 항상 핫팩이 있었다.

"아, 오늘은 두 개 가져왔다. 자. 다른 호주머니에 넣어."

"넌?"

"나는 운동해서 괜찮다니까. 지금도 봐. 땀 흘리고 있잖아. 덥다. 그치?"

"거짓말."

"또 거짓말쟁이래? 그만해라."

그가 짐짓 화난 표정을 짓는다. 그의 표정을 보고 진짜와 가짜는 구분한다. 우리가 함께 지낸 세월이 얼마인가. 그도 알면서 표정을 풀지 않는 게 그저 귀여울 뿐이다. 교문 앞에 다다랐을 때 진영이 시계를 보더니 내 손을 잡고 뛰었다. 오랜만에 아침부터 뛴 둘은 서로를 쳐다보며 웃었다. 진영이 교실 문을 열고 들어갔다.

"와. 진영이다."

몇몇은 반가워했고, 그놈과 한 패거리였던 애들은 눈을 피하기 바빴다.

"너 다른 반 아니었나?"

"겨울 방학 얼마 안 남았잖아. 수희하고 같은 반으로 오게 해달라고 했더니 해 주시더라고."

"역시 수희 흑기사!"

친구들의 말에 수희는 최대한 아무 반응도 보이지 않으려 노력했다. 오랜만에 들어온 교실이 낯설었다.

진영으로 인해 시선이 내 쪽으로 향하는 것도 싫었다. 예전에는 놀림감에 대상으로 나를 보았고, 지금도 별반 다르지 않았다.

"수희 쳐다보지 마. 내꺼야."

"올!"

진영의 결정타에 결국 자리를 박차고 교실을 나왔다. 그런데 그만 담임과 부딪히고 말았다.

"수희 네가 교실로 다 오다니, 역시 진영의 효과는 좋구나."

담임까지 그렇게 말하니 더 몸 둘 바를 몰랐다. 몸은 이미 교실을 빠져나갔으나 손은 진영에게 붙잡히고 말았다. 언제 책상을 옮겼는지 자리도 내 옆이었다.

"들어가자."

온종일 진영은 수희만 쳐다봤다. 힐끔힐끔 쳐다보는 다른 친구들의 시선, 그리고 수군대는 소리에서 그녀가 그동안 어떻게 지냈는지 알 수 있었다.

"붙여시. 그새 진영한테 꼬리 친 거 봐."

"그러게. 내숭은 혼자 다 떨고, 모른 척 착한 척은 다 하고 정말 왕 재수야."

수희도 들었을까? 진영이 화장실을 다녀온 사이 그

녀의 책상은 깨끗하게 비어 있었다. 진영은 수희 뒷담화를 하던 여자아이들 무리로 갔다. 그가 자기들 앞에 서니, 서로 예쁜 척을 한다고 정신이 없었다.

"호박이 분장한다고 수박 되니? 나는 세상에서 뒷담화하는 사람을 제일 싫어해."

"뭐? 우린 뒷담화 안 했어."

"불여시, 착한 척, 모른 척, 내가 다 들었어. 들으라고 큰소리로 하더구먼."

"뭐 맞잖아. 평소엔 찍소리도 안 하고 미술반에만 처박혀 있더니 너 오니까 교실에 와서는 네 옆에 착붙어 있잖아."

진영은 여자애들이라 때릴 수 없음에 한탄했다.

"너희 여자라 다행인 줄 알아. 그리고 수희가 쥐야? 찍소리를 내게! 물건이야? 처박혀 있게! 말 함부로 하지 마. 말로 지은 죄 말로 다 돌려받는다. 혓바닥 조심해라."

진영도 짐을 챙겨 교실을 빠져나왔다. 여자애들은 진영이 나가는 것을 지켜보았다.

"별꼴이야."

여전히 정신을 차리지 못한 그들을 보며 고개를 저

었다. 그때 멀리서 철수가 왔다.

"야, 너는 내려왔으면 친구한테 먼저 왔다고 보고 해야 하는 거 아니냐?"

"어. 나 왔다."

"아이고, 고마워라. 빨리도 한다. 미술반 가냐?"

"응."

그날은 그렇게 미술반에서 보냈다. 다음날부터는 수업에도 제대로 참여하였고, 대회 일정이 잡혀 있을 때만 수업을 빠졌다. 자는 시간을 빼면 온종일 수희와 있을 수 있어 좋았다. 그러던 어느 날, 수업을 마치고 미술반으로 가는 길이었다. 철수가 헐레벌떡 뛰어와 진영의 팔을 잡았다.

"운동장 저기 너희 자주 가던 곳이 있지? 좀 어두운 곳! 의자 있는데."

"응."

"거기 빨리 가봐. 남자애 몇 명이 수희를 끌고 갔어."

"뭐? 언제?"

"얼마 안 됐어. 수희 보러 미술반 갔다가 우연히 봤어. 아무래도 그놈이 왔나 봐."

철수의 말에 진영의 표정이 순식간에 바뀌었다.

"그 새끼가 왜?"

"나도 정확히는 몰라. 서울 학교에서 사고치고 학교 관뒀다는 말도 있고, 잘렸다는 말도 있고 말이 많아. 잡담 그만하고 어서 가봐. 수희 다칠라."

"알았다. 이 가방 좀 미술반에 가져다줘."

"그래."

진영은 앞뒤 가리지 않고, 창문을 열었다. 다행히 1층이었고, 바로 창문을 넘어 운동장으로 달려갔다. 멀리서 그를 발견한 그놈이 씩 웃었다.

03.

오직 한 사람을 위해

진영의 속도보다 그놈이 더 빨랐다. 그놈의 손이 수희의 뺨을 때렸다. 얼굴이 돌아간 수희 입술이 터진 게 보였다. 앞뒤 생각 없이 뛰었다. 그래서 두 번째 손바닥이 올라갔을 때는 수희가 아니라 자신이 맞았다.

"이거 뭐지?"

그놈은 진영의 행동에 의외라는 듯이 다시 손을 올렸다. 충분히 피할 수 있음에도 피하지 않았다. 덩치면에서도 그놈이 우선이었기에 두 번의 손찌검만으로도 충분히 입술 안쪽이 터져 피 맛이 났다. 잠깐의 틈이 생겼다고 생각했을 때 진심으로 부탁했다.

"수희는 보내고 나와 둘이 얘기하자. 아니 여럿이라도 상관없으니까 보내고 하자."

그놈이 어떻게 나올지 알았다. 이번엔 어떤 행동을 하더라도 수희가 원하지 않는 것은 하지 않을 것이다.

그러나 그러려면 수희가 보고 있으면 안 되었다. 분명 트라우마가 될 것이기 때문이다.

"싫은데? 나도 인질이 있어야지. 네가 어떻게 나올 줄 알고?"

그놈은 이미 두 번의 경험이 있어서 그런지 쉽사리 수희를 놔주려 하지 않았다. 어쩔 수 없이 그녀가 지켜보는 상황에서 물었다.

"네가 원하는 게 뭐야?"

"과연 뭘까?"

바로 답을 바라지 않고, 능글능글하게 웃으며 수희만 쳐다봤다. 그놈의 목적은 절대 수희가 아니었다. 만약 수희였다면 내가 없는 2년 동안 가만히 내버려 두지 않았을 테니 말이다.

"애매모호하게 말하지 말고 제대로 말해."

"말하면 다 들어줄 건가?"

계속 상황을 지켜보는 말투와 수희의 얼굴을 툭툭 치는 모습이 자꾸 신경을 거스르게 했다.

"내가 뭘 원하는지 아는 눈치네?"

수희를 멀리 떨어뜨려 놓았다. 행여 다칠까 봐 걱정되어서 한 행동이었는데, 그게 실수였을까? 다시 그

114

놈 손아귀에 들어가고 말았다.

"원하는 대로 해."

"소리내기 없기."

"그래."

순식간에 날라왔다. 그놈은 새로운 샌드백 시험이라도 하는 것처럼 휘둘렀다. 몸 여기저기가 아파져 왔고, 입술도 터졌다. 그놈의 친구들은 이 일방적인 폭력이 교무실에 보이지 않게 하기 위해 에워쌌다. 얼핏 본 수희는 입이 막힌 채 울고 있었다.

'괜찮아.'

안심시켜 주고 싶은 마음과 달리 힘없게 무릎이 꺾이고 말았다. 그놈은 이 상황이 재미있는지 웃어댔다. 끝났다고 생각되었을 때 주먹이 날아왔다. 몸이 힘없이 바닥에 쓰러졌다. 어떻게든 일어나려 힘을 주는 나를 발로 꾹 눌러 일어나지 못하게 했다.

"이제 분수를 깨달았냐?"

실컷 두들겨 팼는지 그놈이 자세를 낮추며 귀에 속삭였다.

"잊지 마, 너에게는 약점이 있고, 나는 없다는 걸 말이야. 그리고 너는 학생이지? 이젠 그것도 나는 없어.

무엇보다 네 약점은 내 손바닥 안에 있고. 잊지 마라."

그놈은 내 얼굴을 툭툭 두드리며 승리자 미소를 지었다. 그놈이 어떤 기분인 건 상관없었다. 지금 진영에게 중요한 것은 자신의 안부가 아니었다.

"수희는 건들지 마."

여전히 진영에게는 수희가 우선이었다. 그 모습이 한심하다고 생각한 건지 대견하다고 생각한 건지 인심 쓰듯 귀에 대고 속삭였다.

"입은 여전히 살았네. 너 하는 거 봐서."

그들이 돌아가고 수희는 바로 진영에게로 왔다. 멀리서 이 상황을 지켜보던 철수는 그놈 패거리가 보이지 않자 바로 뛰어왔다. 몇 번이나 경찰에 신고하고 싶었다. 그러나 우연히 마주친 진영이 고개를 젓는 바람에 할 수 없었다. 엉망진창이 된 친구의 모습을 본 철수도 할 말을 잃었다.

"이번만이다. 다음엔 바로 경찰서에 신고할 거야. 그 새끼는 이제 학생도 아니니까."

"철수야."

분노로 부들부들 떨고 있는 철수의 손을 잡으며 힘겹게 불렀다.

"왜?"

"1년만 참자. 저놈 어차피 2년 꿇지 않았어? 그러면 지금 17살, 1년만 더 있으면 빨간 줄 그을 수 있어. 지금은 안돼. 증거만 모으자."

태평한 소리에 철수가 한숨을 쉬었다.

"그 전에 네가 죽겠다."

"버틸 수 있어. 어차피 저 새끼 재미를 위해서라도 날 죽이지는 않을 거야."

그게 무슨 위로가 된다고 웃는 진영을 보며 철수는 고개를 돌렸다. 그때 운동장을 순찰 중이던 학생 주임이 그들을 발견하고 뛰어왔다. 평소 싸움판의 개처럼 굴던 진영이 곤죽이 되어 누워 있는 상황이 믿기지 않는다는 듯이 한동안 아무 말도 못 하셨다.

"무슨 일이야? 이진영?"

진영은 그저 뒤에서 어떤 형이 공격한 것 같은데, 잘 기억나지 않는다고 했다. 학생 주임은 이해가 되지 않는지 수희와 철수에게도 물어보았다. 그들도 어떤 말도 할 수 없었다. 진영이는 수희의 손을 꼭 잡고 고개를 젓고 있었기 때문이었다. 학교로 진영을 데리러 온 석민은 아들의 몰골을 보고 할 말을 잃었다. 서둘러 병원으로 데려가려 차에 태웠다.

"무슨 일인지 말해 봐."

다행히 스스로 걸을 수 있는 것을 보고 석민은 이야
기부터 듣기로 결정했다.

"지나가는 어떤 형이 머리를 가격해서 제대로 대처
를 못 했어요."

처음부터 작정한 것처럼 거짓말을 하는 아들에게
그렇게 신임 못 받는 아버지였나 돌아보게 했다. 그리
고 분명 무슨 일을 벌이고 있다는 확신이 들기도 했다.

"이진영. 그 무엇이든 네가 원하는 대로 해줄 테니
까 사실대로 말해."

도저히 운전 중에는 감정 컨트롤이 되지 않을 것 같
다고 판단한 석민은 갓길에 차를 세우며 무서운 표정
으로 아들을 보았다. 알지 못해도 대충은 알고 있다는
뉘앙스로 말하니 작은 머리가 굴러가는 게 보였다. 여
전히 망설이는 아들에게 처음부터 차근차근 묻기로
했다.

"왜 맞기만 했냐?"

"…. 저도 때렸어요. 워낙 순식간에….."

여전히 머리를 굴린다고 말할 타이밍을 놓친 아들의 입에선 진실이 아닌 거짓이 튀어나왔다. 결국 인내력이 한계를 넘어서려고 하고 있었다.

"거짓말하려 하지 말고, 두리둥실 말하는 거 다 티나니까 할 생각도 하지 마. 네 실력에 갑자기 덮쳤다고 해서 맞을 놈 아닌 거 안다. 네가 안 배운 운동이 뭐가 있니? 수희 지킬 거라고 어릴 때부터 권투, 합기도, 태권도 할 것 없이 다닌 네가 겨우 뒤통수 한 대 맞았다고 이렇게 곤죽이 되도록 맞았다는 것을 나보고 어떻게 믿으라고 하는 거지? 사실대로 말해. 무슨 일이냐?"

석민은 아들이 쉽게 솔직하게 말하지 않을 거라는 생각이 들었다. 그래서 생각할 틈을 주지 않고 말했다. 아들은 여전히 망설이고 있었으나 그대로 믿기엔 너무도 어이가 없었다. 그동안 수희를 괴롭히던 아이들과 한 싸움이 얼마인데, 그런 터무니 없는 일로 일방적으로 맞았다는 것은 믿을 수가 없었다. 잠시 아무 말도 하지 않던 아들은 이내 결심한 듯 표정을 굳히고 입을 열었다.

"그놈이 왔어요."

"그놈? 전학 가기 전에 싸운 그놈?"

"네. 그놈이 서울로 전학 갔다는 소식을 듣고 내려온 건데, 그놈이 오늘 학교에 온 거예요."

그놈에 대해 이야기를 꺼내자마자 석민은 잠자코 얘기를 듣기만 했다.

"오늘 학교에 나타나서는 수희를 끌고 운동장 구석으로 갔어요. 그놈은 멀리서 제가 뛰어오는 것을 보면서 장난처럼 수희의 뺨을 때렸어요. 입술이 터지는 것이 보였고, 수희가 겁에 질린 얼굴이 선명했어요."

그놈과 수희에게 뛰어가던 그 잠깐 몇 분의 시간이 며칠만큼 길었었다. 겁에 질린 수희의 표정. 아마도 내가 없는 곳에서 그놈을 만날 때마다 수희는 그런 표정을 지었을 거라 생각하니 정말 심장이 쥐어짜듯이 아파졌다.

"분명 화가 났어요. 처음엔 뛰어가면서 저놈을 죽여버린다고 생각하고 뛰었어요. 그런데 수희를 보고 다짐했던 게 생각났어요. 제가 서울에서 내려오면서 다짐한 건 바로 '수희가 원하지 않는 건 절대 하지 말자.'는 것이었어요. 수희는 자신 때문에 싸우는 것을 원하지 않았어요. 그래서 맞았어요. 그놈이 다시 수희

120

를 때리기 전에 제 얼굴을 밀어 넣었어요. 우직한 손바닥의 감촉이 느껴짐과 동시에 얼굴이 얼얼했어요. 다시 그놈은 손바닥을 올렸고, 저는 피하지 않았어요. 제가 피하면 수희가 맞을 거니까 그 사실이 저를 움직이지 못하게 했어요."

아들의 순정에 할 말을 잃었다. 이제 수희에 대한 감정을 숨기지도 않았다. 아마도 깨달은 것 같았다. 자신이 수희를 여자로 사랑하고 있다는 것을 말이다. 자기 목숨보다 더 사랑하는 사람이 바로 수희가 된 것임을 깨달은 아들은 이제 아들이 아니라 한 남자가 되어 있었다.

"그런데 아버지. 맞다 보니 이놈 나이가 생각났어요. 17살, 앞으로 1년만 있으면 감방에 넣을 수 있다는 생각이 들고 나니 맞는다는 것에 의미가 생겼어요. 저는 그때까지 참기로 했어요. 맞는 건 때리는 것만큼 자신 있으니까 괜찮을 거라고 생각해요. 수희만 다치지 않는다면 저는 맞는 거 괜찮아요. 아버지. 부탁 할게요. 1년만 모른 척 해주세요."

"네 어미와 네 아비가 가슴 아픈 건 생각이 안 드니?"

"그건?"

아예 생각도 하지 않은 건지 오로지 수희만 염두하고 말하는 모습에 할 말을 잃었다.

"죄송합니다. 생각 못 했어요. 그러나 저와 수희가 학교생활 편하게 하려면 이 방법밖에 없어요. 제발 부탁드릴게요. 아버지."

1년 동안 맞고 오겠다는 아들을 말려야 할지 아니면 응원해야 할지 몰랐다. 때리고 오면 때리고 오는 대로 걱정이고, 맞고 오면 맞고 오는 대로 걱정인 게 부모였다. 그런데 맞고 오는 것을 1년이나 하겠다는 아들을 어째야 할지 난감하고 당황스러웠다. 그러나 고개까지 숙이며 부탁하는 아들을 외면할 수 없었다.

"증거는 어떻게 남길 건데?"

결국 자식을 이기는 부모가 아닌 석민은 아들 편에 서기로 했다.

"아버지, 디지털카메라 한 대 사주세요. 때리는 거 저장하게요."

"알겠다. 대신 권투 학원 다녀라. 맞는 것도 요령이 있어야지. 아버지 친구가 운영하는 데 알지? 거기 다녀."

"네."

그렇게 진영의 작전은 시작되었다. 석민이 이미 귀

띔을 해주었는지 권투 학원 관장은 진영에게 때리는 법이 아닌 맞는 법을 알려주었다. 몸을 제대로 가드하는 법을 가르쳐주었고, 맞아도 후유증이 덜 남는 식으로 알려주었다.

그놈은 두 달에 한 번씩은 찾아와 수희를 볼모로 진영을 괴롭혔다. 그때마다 진영은 한 가지만 요구했다.

"수희 내 앞에 세워줘."

"응? 너 변태야? 이런 걸 좋아해?"

그놈의 놀림에도 굳이 요청한 이유는 만일을 위해서였다. 행여 내가 보지 못하는 뒤쪽에서 그놈의 패거리들이 수희에게 나쁜 짓을 할지도 모른다는 불안감 때문이었다. 만일 그런다면 그때는 절대 참지 않을 것이다. 이 모든 것이 누구 때문인데, 수희가 다친다면 도로 아미타불이다.

"수희 데리고 이리 와."

그놈은 수희를 내 앞에 뒀다. 두려움에 온몸을 떨고 있는 수희가 보였다. 애써 괜찮다고 웃어주었다. 그녀는 고개를 저을 뿐이었다.

"아주 애틋하다. 애틋해. 너희 애정행각은 여기까지. 퍽."

또다시 시작이었다. 진영은 관장님이 가르쳐 준 대로 최대한 얼굴은 다치지 않게 방어했다. 잘못 맞으면 골로 갈 수 있다고 잘 가드 하라고 했다. 다행인지 불행인지 그놈은 더 이상 얼굴은 때리지 않았다.

"그렇게 가드 안 해도 돼. 얼굴은 안 때릴게."

동시에 옆구리를 가격한 주먹, 순간 숨이 멎는 줄 알았다. 그렇게 또 몇 분의 시간이 흘렀을까? 오늘도 진영이 무릎을 꿇고 고개를 숙인 후에 끝이 났다.

"오늘도 즐거웠다. 다음에 보자. 가자. 얘들아."

그렇게 겨울방학이 끝나고, 고등학교 1학년이 되었다. 둘은 동네에서 가장 가까운 국립예술고등학교에 입학했고, 이젠 본격적으로 그림에만 매진하면 되었다. 그런데 문제가 생겼다. 수희가 손을 떨기 시작한 것이다.

"수희야, 병원 가보자. 별일 아니겠죠? 아버지?"

"그럼, 별일 아닐 거야."

병원에서 이런저런 검사를 했고 아무 이상도 없다는 결과를 받았다. 의사는 정신적인 문제를 거론했다. 불안하거나 긴장한 경우에 그럴 수 있다는 것이다. 그 말에 셋은 서로를 쳐다봤다. 진영은 수희 앞에 앉아 손을 잡았다.

"미안하다. 수희야."

"네가 왜?"

"내가 다 미안하다."

"너 잘못 없어. 그렇게 생각하지 마."

수희가 눈물을 터트리자, 진영은 안아주는 것 외엔 해줄 수 있는 게 없었다. 두 달에 한 번씩 병원 신세를 지는 나와 손이 떨려 그림을 그리지 못하는 수희. 과연 이 모든 게 옳은 일인지 진영은 헷갈리기 시작했다. 그래도 일단 발을 들여놨으니 여기서 멈출 수는 없었다. 이제 그놈 생일만 알면 모든 계획은 차질없이 진행될 터였다. 얼마 후 철수와 진영은 그 무리들이 하는 이야기를 들을 수 있었다.

"올 발렌타인 데이 때는 또 뭘 선물하냐?"

"글쎄. 형님이 좋아하는 게 뭐 있나? 남자 성년식 때는 뭘 해주는지 누나한테 가서 물어볼게."

"그래. 그렇구나 형님이 벌써 20살이 되는 거야? 이제 어른이네."

기억하기도 쉽고, 시일도 가까웠다. 길지도 짧지도 않은 기간 동안 본격적으로 '그놈, 감옥 보내기'가 카

운트다운에 들어갔다.

철수와 진영은 그놈이 가고 나면 자료를 정리해서 따로 저장했다. 몇 번 찍더니 철수는 완전 카메라맨이 다 되었다. 그놈뿐만 아니라 무리에 아이들 하나하나 저장까지 했다.

"그놈만 잘못한 거 아니잖아. 어울리면서 동조하고, 모른 척하고 말 한 번 보탠 것도 다 잘못이야. 어떤 놈은 너 때리는데, 한 발 보태는 놈도 있더라."

"한 놈이나 두 놈이나 뭔 상관이냐? 이제 맞는 것도 이골난다. 지도 때리는 데 이골 났는지 보이는 데는 안 때리네. 병원 생활도 이제 점점 짧아지고, 곧 있으면 끝나겠네."

"그래, 이제 한 달 남았나? 계획을 짜야 하지 않을까? 그놈 분명 지 생일 지나고 반드시 올 거야. 아무래도 현장 검거가 제일 좋겠지?"

"그렇지 않을까?"

철수는 그새 법도 알아보고, 경찰 관련 영화까지 찾아보며 진영에게 도움 될 만한 것들을 수집했다. 생각보다 감옥에 넣는게 쉽지는 않았다.

"증거 많아도 유전무죄, 무전유죄 케이스가 많데."

"그 사건 나 TV에서 본 적 있어. 이번엔 절대 그 케이스 적용되지 않게 할 거야. 필요하면 신문사에 투고할 거야. 이 동영상 내가 세상에 다 알려 버릴 거야."

철수는 진영의 투지에 할 말을 잃었다. 다 생각이 있구나 생각이 들더라도 아무 생각이 없는 것처럼 보이기도 했다. 그런 거 보면 공부를 잘한다고 모든 걸 잘 아는 건 아닌 듯했다.

"무슨 생각해?"

철수가 자길 한심스럽게 쳐다보는 것 같은 착각이 들었다.

"나 한심해 보이냐?"

본심이 들킨 철수는 괜히 딴청을 피웠다. 그러고 보니 제법 친해졌다. 수희로 인해 철수는 뜻밖에 친구를 얻은 것 같았다. 엉뚱하면서도 자기 여자를 위해 모든 걸 바치는 순애보 친구! 이진영을 얻었다는 생각에 기분이 좋아졌다.

"이진영?"

"응?"

"너 내 친구지?"

"당연하지."

'그래, 당연한 사이가 되어 버려서 위험한 이 도박 같은 싸움도 함께 하는 것이겠지.'

철수는 내뱉지 못한 말을 삼키며 웃을 뿐이었다.

D-Day는 점점 다가왔다. 둘은 그동안 모은 동영상을 보면서 다시 한번 계획을 짜기 위해 시작했다. 여기서 가장 중요한 역할은 철수였다. 타이밍 좋게 경찰이 도착해야 했다. 그러나 그놈들이 언제 올지 모르는 상태에서 타이밍을 맞추기는 쉽지 않았다. 너무 빨리 와도 안 되고, 늦게 와도 안 되었다. 그래서 쓴 머리가 '경찰 아저씨들과 친해지기'였다. 철수는 자주 경찰서를 찾아 화장실을 급하다는 둥 상담할 곳이 없다는 둥 핑계를 두며 얼굴을 익혔다. 말주변이 좋은 철수는 빠르게 친분을 쌓았고, 만일을 대비해 전화번호도 얻을 수 있었다.

"부탁한다. 이 계획은 철수 네 손에 달렸다."

"그래. 알았어. 이때를 위해 네 아버지가 비싼 휴대전화 사 주신 거잖아. 친해진 경찰 아저씨 연락처 저장해 뒀으니까 이때다 싶을 때 바로 전화할게."

"고맙다. 그리고 미안해. 가장 위험한 것 시켜서."

"우리 친구잖아. 이 정도 가지고 뭘."

계획은 차근차근 진행되었다. 그런데 이 계획이 한 컷으로 인해 무산될 뻔한 적이 있었다. 그때 가장 먼저 발견한 사람이 철수가 아니었다면 아마 그 녀석은 죽었을지도 모른다. 그날도 어김없이 철수는 진영의 집에 놀러 왔다. 아래층에서 진영의 부모님께 인사를 하고 2층으로 올라왔다. 철수는 진영이 병원에 있는 동안 하지 못한 필기 노트를 내려놓으며 자리에 앉았다.

"그 새끼 생일이 2월 14일이었지? 이제 진짜 며칠 안 남았다. 겨울 방학 중에 하면 되겠다."

"그래."

"자료는?"

"여기!"

저번에 보지 못한 부분부터 보기 시작했다. 그때 한참 비디오를 보던 철수가 갑자기 화면을 가렸다.

"왜?"

잘 보다가 화면이 가려지자 순간 불길한 기분에 되감기를 했다. 철수는 만류하지 못했다. 직감으로 이미 알아버렸는데, 말린다고 말려질 일이 아님을 알았다.

되돌아본 비디오에는 그놈 패거리 중 한 놈이 수희 몸을 더듬는 게 보였다. 운다고 정신없는 수희는 눈치채지 못한 듯하지만, 비디오에는 선명하게 찍혀 있었다.

"저 새끼 얼굴 나 알아. 우리 반이네. 가만두지 않을 거야."

"참아라. 너보다는 수희를 위해서 참아. 수희가 진짜 몰랐을까?"

"뭐?"

"수희가 진짜 몰랐을 것 같아? 너 때문에 참은 거잖아. 네가 지금 계획하고 있는 이 일 때문에 그때 참은 거라고. 알겠냐?"

철수의 말을 듣고 다시 비디오를 보았을 때, 수희가 그 손길을 피하려 노력하는 게 보였다. 분노에 눈이 멀어 미처 보지 못한 것을 철수가 알아봐 줘서 다행이었다. 덕분에 끓어오르는 분노를 누를 수 있었다.

"그래, 알았어. 이건 따로 저장하자. 따로 신고할 거야. 저 자식."

"그래, 그래."

그것을 본 후로는 그 자식을 눈여겨보게 되었다. 유독 수희의 몸에서 시선을 떼지 않는 모습이 자주 보였다. 지금 내가 지켜 줄 수 있는 것은 자신이 계속 그녀를 지켜본다는 것을 그 자식이 알게 하는 방법밖에 없었다. 그 자식은 그의 시선이 있을 때는 절대 수희를 만지지 않았다. 그 사실을 깨닫자, 처음부터 이렇게 해야 했다고 스스로를 자책하게 되었다.

오늘도 어김없이 고개를 떨어뜨렸어야 끝이 났고, 철수가 석민에게 전화하는 동안 그 자식에게 잡혀 있는 수희를 쳐다봤다. 차마 나를 보지 못하는 수희는 눈을 꼭 감고 있었고, 수희의 몸으로 손을 가져다 대려는 그 자식은 나와 눈이 마주치자 손을 거둬들였다.

"아저씨, 지금 오실 수 있으세요?"

"그래, 가마."

석민은 철수가 전화 오면 주저하지 않고 움직였다. 회사에서 그런 그를 보며 이유를 물어보았다. 이제껏 한번도 이런 적이 없던 그였기 때문이다. 대답을 회피했던 이유는 아들이 우선이었기 때문이다. 현경은 영문도 모르고 맞고 오는 아들을 볼 때마다 가슴이 철렁 내려앉는 기분이었다. 예전엔 때리고 와서 걱정이었는데, 이젠 맞고 와서 걱정이었다. 매번 병원으로 실려 가는 아들을 볼 때마다 걱정이 이만저만이 아니었다.

두 형도 마찬가지였다. 석민도 진영도 가만있는 일에 나설 수도 없고, 뒤를 밟다 석민에게 혼이 난 후엔 더더욱 아무것도 할 수가 없었다. 그저 현경과 함께 걱정하는 것과 제 동생을 믿는 것 외엔 다른 방법은 없었다.

역시 그놈은 자기 생일 다음 날 찾아왔다. 이제 그놈은 성인이었다.

"너는 오늘 내 생일 선물이야. 성인이 된 기념으로 내가 곤죽 만들어 줄게."

"그래. 네 마음대로 해라. 그리고 생일 축하한다."

진영의 축하 메시지가 기분 나빴는지 표정이 일그러졌다.

"여전히 너는 빳빳해. 아직 덜 맞았어? 그렇지?"

각오했다. 그놈을 도발할 때부터 각오했다. 오늘은 정도를 넘어야 했다. 곤죽이 되도록 맞는 게 차라리 나았다. 그놈을 감옥에만 보낼 수 있다면 진영은 버틸 수 있었다. 피의 의식이 시작되었다. 진영은 수희만 생각했다. 몸으로 느껴지는 타격은 꿈이라 생각해 버렸다. 오늘은 가능한 막지도 않았다. 마지막 피날레인 셈이다. 그놈 타격에 몸이 이리저리 흔들거렸다. 한참 그놈이 날뛰고 있을 때 언제 왔는지 경찰들이 왔다. 철수가 부탁한 건지 어찌 된 건지 소리 소문 없이 와서 무리와 그놈을 다 잡았다.

"너는 묵비권을 행사할 수 있고, 네가 하는 말은 너에게 불리한 증거가 될 수 있으며 변호사를 선임할 권리가 있다. 다들 들었지? 다 연행하고 119 언제 온대?"

"지금 거의 다 왔습니다. 5분 후면 도착합니다."

"철수야? 철수는 어딨냐?"

철수는 제법 친해진 경찰의 부름에 뛰어나왔다.

"감사합니다."

"아냐. 저놈 안 그래도 이래저래 엮인 게 많아서 어떻게 하지 하고 서에서도 고민이 많았는데, 네 덕에 현장 검거할 수 있어서 다행이야. 너 동영상 있다고 했지? 그거 서로 가져와라."

"네."

철수가 경찰과 이야기가 오고 가는 동안 진영은 남아있는 힘을 쥐어짜 수희에게 갔다. 수희는 평소보다 더 심하게 다친 내게 다가 오지도 못하고 자리에 주저앉아 울고 있었다.

"어떡해? 어떡하면 좋아. 진영아. 너 너무 아파 보여."

"안 아파. 이 정도는 뭘. 그동안 맞은 맷집이 있지."

"거짓말, 거짓말쟁이. 나 때문에 네가. 나 때문에 네
가…."

말을 잇지 못하던 수희가 이상했다. 같은 말만 반복
하더니 그대로 쓰러졌다.

"수희야? 수희야!"

아무리 불러도 깨어나지 않았다. 때마침 온 119는
환자가 한 명이라는 소리를 듣고 왔는데, 둘인 것을
확인하고 당황했다.

"저는 괜찮아요. 우리 수희 좀 부탁드려요. 저는 앉
아가도 돼요."

누가 봐도 멀쩡하지 않는 모습으로 말하는 그로 인
해 할 말을 잃은 대원들이었다.

"아들은 제가 병원으로 데리고 가지요. 바로 뒤에서
따라가겠습니다."

석민은 119 대원들에게 자기도 옆에 타겠다고 억지
를 부르는 아들을 떼어내 차에 태웠다.

"정신 차려. 수희도 걱정되는 건 알겠는데, 네 몰골

도 생각해. 그 모습으로 수희 옆에 앉아 있으면 정신 차렸다가 너 보고 다시 기절하겠다."

냉정하게 말하는 석민으로 인해 진영은 차 안에 있는 거울을 통해 내 모습을 보았다. 퉁퉁 부은 눈, 터진 입술 내가 봐도 좋게 봐줄 인상은 아니었다. 그제야 조용해진 진영을 데리고 병원으로 출발했다. 다행히 부러지거나 하진 않고 찢어진 상처만 있어서 봉합해야 했다. 진영은 마취를 하면 수희에게 가는 시간이 늦어질까 마취도 안 하려 했다. 석민은 말리지도 않았다. 아픈 걸 알아야 안한다 소리를 하지 않겠냐는 생각이었다. 그러나 그걸 참아내는 모습에 할 말이 없었다. 서두르는 아들로 인해 정신없는 건 의사도 석민도 마찬가지였다. 불행인지 다행인지 몰라도 생각보다 빨리 수희 곁으로 간 진영은 그 옆에서 한시도 떨어지지 않았다.

수희의 병명은 신경쇠약이라고 했다. 고등학교 2학년이 벌써 신경쇠약에 걸렸다고 의사 선생님은 고개를 절레절레 흔들었다. 수액과 영양제를 맞는 동안 깨어나지 않아 그날은 초가집이 아닌 진영의 집으로 수희를 옮겼다.

"음…. 목말라."

말이 떨어지기 무섭게 바로 숟가락으로 물을 떠 수
희에 입에 넣어주었다. 덕분에 정신을 차리고 눈을 뜬
그녀는 자신이 누워있는 곳이 어딘지 궁금해하는 것
같았다.

"어, 내 방이야. 너 갑자기 쓰러져서 병원 갔다 온
거야. 초가에 혼자 둘 수가 없어서 데리고 왔어."

내 목소리를 듣자마자 벌떡 몸을 일으키더니 이내
다시 쓰러졌다.

"갑자기 일어나면 안 돼."

수희를 걱정하는 진영처럼 수희는 진영만 걱정되
었다.

"너 괜찮아?"

쓰러진 사람이 자신이라고 알려줬는데, 내 걱정을
하는 그녀였다.

"나 괜찮아. 걱정 안 해도 돼. 네 걱정이나 해."

"진짜? 얼굴이 이렇게 엉망인데, 어떻게 괜찮아?"

자리에서 어떻게든 일어나려는 수희를 부축해 앉
혀주었다.

"이까짓 거 금방 나아. 걱정하지마. 너는 그동안 그

렇게 불안했어? 내가 못 견딜까 걱정 됐어? 신경쇠
약이 뭐냐? 내가 안 갔을 때는 밥도 안 먹었지? 의사
선생님이 너무 말랐다고 너 저 체중이라고 잘 먹이고
잘 쉬게 하래."

　걱정하는 말투는 하나씩 보탤 때마다 목소리 톤이
조금씩 올라가고 말았다.

　"응, 그렇게. 너만 괜찮으면 돼. 진영아."

　말하는 걸 들은 건지 만 건지 수희에겐 망가진 내
얼굴만 보이는 듯했다. 진정하지 못하고 눈물까지 쏟
아내는 통해 할 수 없이 안고 말았다. 차분하게 등을
쓰다듬으며 연신 괜찮다는 말만 되풀이했다. 그때 현
경이 밥을 챙겨 2층으로 올라왔다가 둘의 모습을 보
았다. 잠시 멍해졌다. 딸처럼 생각하는 수희와 아들
진영에 대해 어렴풋이 예상했던 일이긴 했다. 그러나
실제로 보니 기분이 묘했다. 방해되지 않게 조용히 문
을 닫고 내려오면서 자꾸 입꼬리가 올라갔다. 웃으면
안되지 하면서도 웃음이 났다.

　"뭔데 그렇게 혼자 신이 났어?"

　석민의 말에도 대답은 하지 않고 웃을 뿐이었다.

　"왜 안고 있기라도 했어?"

그냥 한 말인데, 맞는지 현경이 당황했다.

"당신 알고 있었죠?"

"뭘?"

"수희하고 진영이요."

"내가 말했잖아. 색싯감이라고. 국민학교 3학년때 말했을 텐데 기억 안나?"

현경은 그때의 기억을 헤집어내며 웃었다. 잘 기억은 나지 않지만, 그랬던 것 같기도 하다. 수희같은 며느리면 마다할 이유는 없었다.

"아쉽네. 딸 삼고 싶었는데."

괜한 심술을 부리는 아내 현경의 모습에 석민은 웃고 말았다.

철수, 진영, 수희는 한동안은 정신없게 보냈다. 그놈의 재판에 참고인으로 증인으로 피해자로 몇 번이나 출석했는지 기억도 나지 않았다. 게다가 학교에서도 신문에서도 난리였다. '학교폭력의 실태'라는 제목으로 가십거리 최고조에 달했고, 진영과 수희를 취재하기 위해 학교에는 기자들이 한동안 상주하기도 했다. 그나마 학교 측에 배려로 등, 하교는 몰래 할 수 있었다.

"아버지! 오셨어요?"

"가자. 뒷문에 세워놓았다."

"네."

드디어 그놈의 재판이 열렸다. 그는 진영이 원하는 대로 소년원이 아닌 성인 감옥에 수감되었고, 폭력, 협박 등 진영뿐만 아니라 다른 피해자의 신고 건까지 겹쳐 가중 처벌되었다. 부잣집 도련님이었던 그놈은 부모님이 어떻게 해서든 아들을 빼 오려고 노력했으나 언론의 힘과 여론의 압박이 심해 방향은 진영에게 유리한 상황으로 흘러갔다. 그 자식도 소년원에 들어갔다. 다른 아이들과 별개로 성추행이 포함된 체 말이다. 아직 미성년자라 붉은 줄은 그을 수 없었다. 몇 달의 시간이 흐른 후 더 이상 기자들도 학교에 찾아오지 않았다. 천천히 그 사건에서 벗어나 일상생활로 돌아올 수 있었다. 진영은 완전히 다 나았고, 수희는 서서히 건강을 회복하고 있었다.

"자, 이제 수희, 진영도 대회 준비해야지?"

지도 교사의 말에 진영은 수희를 향해 고개를 끄덕였고, 수희는 그의 시선을 바라보며 묘한 표정을 지었다. 그 표정이 걸린 진영은 아무도 없을 때 조용히 물었다.

"왜? 대회 나가기 싫어?"

"아니, 내가 왜 싫어. 그냥 너 그런 일 겪고 나서 내 손도 아직 멀쩡하지 않고, 이런저런 생각으로 좀 그랬어. 걱정하지 마. 네가 걱정할 만큼 큰 일은 없어."

"걱정 안 해. 수희 너는 어떤 일이 닥쳐도 네가 하고 싶은 일은 꼭 하잖아. 그러니까 이번에도 나는 너 믿어."

"고맙네. 믿어주는 사람이 있다는 게 참 좋다."

시간은 빨리도 흘러갔고, 대회가 코 앞으로 다가왔다. 수희의 손은 나아질 기미가 보이지 않았다. 대회장에서 멈추지 않는 떨림으로 스케치도 끝내지 못했다. 진영은 수채화 부문 1등을 했다.

"축하해. 진영아."

"응. 고마워. 수희야. 다음엔 너도 같이 저 위에 올라가자."

단상을 가리키며 수희의 손을 잡았다. 그녀는 언신 고개를 끄덕였고, 그런 그녀가 귀여운 진영은 머리를 쓰다듬어 주었다.

"나 아이 아닌데?"

"아이라서 그런 거 아니야. 그냥 나도 모르게, 혹시 싫어?"

"응? 아니 그런 건 아닌데."

얼굴을 붉히는 그녀를 보면 그녀도 나와 같은 마음인 건 아닐까 생각했다. 그러나 이내 고개를 저었다. 같은 마음이라고 한들 지금은 이대로 있을 것이다. 아직은 친구이고 싶었다. 이유는 그게 그녀를 위하는 일이라 생각이 들었기 때문이다.

"대회 준비한다고 힘들었겠다. 수희는 이번에 못 받았다고 너무 실망하지 마. 그럴 때도 있으니까. 대회는 많고, 기회는 언제든 있어. 다시 나가면 돼."

걱정해 주는 지도 교사와 담임의 말에 낯선 반가움을 느꼈다. 학교에서 느껴보는 첫 온기였다. 그리고 친구들의 반응도 마찬가지였다.

"너도 사람이었네. 로봇인 줄 알았더니 아니네."

오히려 입상에서 떨어진 것이 뜻밖에 상황을 만들어주었다. 그녀 곁에 사람들이 모이기 시작했다. 반가우면서도 걱정되었다. 행여 그 사람이 남자일까 봐 말이다. 어느 날 여자아이 셋이 진영을 둘러쌌다. 무슨 상황인가 싶어 지켜보고 있으니, 머리가 긴 여자아이가 말을 걸었다.

"진영아, 오늘 수희하고 떡볶이 먹으러 갈 건데, 잠시 빌려줄래?"

"수희가 물건이야? 빌리고 말게. 그리고 그런걸 나한테 왜 묻냐? 수희한테 물어야지."

"아, 수희한테 물어봐도 되는구나. 하도 네가 내 꺼다 내 꺼다 해서 안 되는 줄 알았지. 그러면 수희한테 물어봐도 돼?"

"당연한 걸 왜 물어?"

시크한 답변에 여자애들이 까르르 웃었다. 그런데 그 중 한 아이가 진영에게 걸어와 속삭였다.

"그런데 너희 사귀니?"

순간 얼굴이 붉게 상기되고 말았다. 그 모습에 또 까르르 웃는 그들이었다. 아니다 맞다 말하지 못한 내가 싫었다. 지금 진영과 수희의 사이를 정의하면 우정과 사랑 사이 정도가 아닐까 싶다. 그 생각에 몰두하고 있는데, 불청객이 찾아왔다.

"가자."

갑자기 그 무리에 한 명이 진영에게 오더니 말한 것이다.

"나는 왜?"

"너 가야 간데. 같이 가자. 흑기사 이진영."

그놈이 아닌 다른 이가 말하는 흑기사에 어감은 왠지 다르게 들렸다. 막무가내로 같이 가자는 그들과 함께 어색한 동행이 시작되었다. 떡볶이집으로 걸어가는 길. 진영은 뒤에서 그들을 졸졸 쫓아갔다. 그때 철수가 지나갔고, 영문을 모르는 철수를 합류시켜 버렸다. 그들이 자주 간다는 떡볶이 집은 꽤 오래된 건물에 있었다. 몇 개 없는 테이블을 붙여 서로 마주 보며 앉았다.

"수희야, 나는 은영, 머리 땋은 애는 지우, 그 옆에 단발은 지현이야. 우리 사이좋게 지내자."

"어? 응. 안녕."

"그동안 너한테 말 붙이고 싶었는데, 이래저래 눈치가 보여서 말 못 했어."

"아니야."

진영은 그 한마디로 내가 없는 수희가 어떻게 지냈는지 알 수 있었다. 혼자 외롭게 지냈을 모습에 왜 교실로 가지 못한 건지 이해하게 되었다.

오늘 수희의 얼굴은 밝았다. 어쩐지 설레 하는 것

같기도 하다. 지금 이 자리는 난생 처음 여자사람 친구가 생기는 특별한 자리였다.

잠시 어색한 침묵이 흐르고, 지현이 나섰다.

"나 너하고 국민학교 동창이야."

지현은 그때를 회상하면서 그때도 친해지고 싶었는데 분위기상 그러지 못했다고 말하며 이제라도 친구가 되어서 다행이라는 듯이 수희의 손등을 쓰다듬었다. 수희는 처음으로 친구들과 왁자지껄하며 놀았다. 세 명의 여학생의 수다는 진영이 하는 수다와 차원이 달랐다. 연예인 이야기부터 반 남자애들 이야기, 학교에 돌아다니는 소문까지 다양했다.

"너흰 왜 너희들만 어울려?"

처음으로 나도 모르게 궁금한 걸 물었다. 순간 싸한 분위기에 수희는 잘못 꺼낸 화제이구나 싶어 당황했을 때 그때까지만 해도 조용히 있던 지우가 나섰다.

"우리 다 왕따였어. 나는 고등학교 올라와서, 지현은 중학교 때, 은영은 국민학교 때. 그랬던 우리가 친구가 될 수밖에 없었던 건 당연한 운명 같은 거였어. 사실 이번에 감옥에 간 애들 때문에 너한테 말 못 붙인 애 아마 많을 거야. 너 생각보다 예뻐서 학교에서 인기 많거든."

의미심장한 말을 덧붙인 지우는 수희에게 단도직입적으로 물었다.

"너 진영하고 사귀니?"

그 말에 진영은 수희를 쳐다봤다. 수희는 시간이 멈춘 듯이 지우만 오롯이 보고 있었다.

"사귄다고 생각해 본 적 없어."

그 말을 듣는 순간 심장이 '쿵'하고 내려앉았다. 그리고 지우는 그 말을 듣고 마치 반가운 소식이라도 들은 것처럼 화사하게 웃으며 진영을 쳐다봤다.

"그러면 나 어때? 진영아? 나 너 좋아해."

사귀자고 말하는 지우의 말에 이번엔 수희의 심장이 쿵 내려앉았다. 시선이 자연스럽게 진영에게 향했고, 그는 표정이 굳어졌다.

"내 마음은 알잖아. 이런 장난 하려고 우리 부른 거야?"

정색하는 그로 인해 분위기는 싸해졌다. 철수가 진영을 말리며 사태 파악에 나섰다. 그러나 솔직히 불편하기는 매한가지였다.

"너희 진짜 무슨 꿍꿍이야?"

철수의 말에 은영과 지현이 지우를 쳐다봤다. 그제

야 모든 상황이 이해된 철수는 자신의 두 친구에게 재촉하며 나가자고 했다.

"가자. 친구는 무슨? 너희 그렇게 살지 마라. 진영이 마음 다 알면서 이런 장난은 너무 심하다고 생각되지 않니? 둘 사이에 끼어들지 마. 너흰 자격 없으니까."

철수의 한마디에 진영은 수희의 손을 잡았다. 수희의 시선이 진영에게서 그들에게로 향했다. 처음으로 생길 뻔한 여자 사람 친구들에게 진지하게 되물었다.

"진짜야?"

그들은 시선을 피했다. 그런데 지우만은 예외였다.

"고백하려면 이 방법밖에 없었어. 다른 여자애들이 고백하는 거 몇 번 봤어. 그때마다 대답은 한결같더라. 그래서 확인해야 했어. 너한테 이게 무슨 의미가 있을까 싶겠지만, 나는 지금 많이 고민하고 친구들한테 부탁한 거야."

"너희도 나처럼 왕따였다며? 그럼 내 마음 아는 거 아니야?"

"미안, 거짓말이었어. 그건 사과할게."

수희가 비틀거리자 진영이 빠르게 부축했다. 진영은 더 이상의 말은 하지 않았지만, 무서운 눈빛이 그녀들 한 명, 한 명에게 꽂혔다. 그러나 크게 타격받지 않은 그들이었다. 오히려 사귀지 않으면서 스킨십은 허용하는 둘 사이를 이상하게 볼 뿐이었다.

"진영아, 너 좋아하지도 않는 수희 말고…."

"그만 닥쳐. 한 마디만 더 해봐. 나 가만 안 있는다."

지우는 더 할 말은 많은 듯 입을 뻥긋 거리다 다물었다. 철수는 한심하게 여자 셋을 보았다. 지들이 필요하면 거짓말도 어떻게 그런 거짓말을 할 수 있는지 이해가 안 되었다. 하긴 말이 안 되긴 했다. 국민학교, 중학교, 고등학교 이렇게 말할 때부터 알아봤어야 했는데, 그만 너무 쉽게 생각한 게 잘못이었다. 수희에게 여자사람 친구를 만들어 주고 싶다는 간절함에 정작 말의 진실성을 보지 못한 것이다.

"다신 내 앞에 나타나지 마라. 수희 곁에서 알짱거리지 마. 여자라고 봐주는 건 오늘만이라는 걸 명심해."

"가자. 진영아."

오히려 그를 말린 건 수희였다. 더 이상 아무 말도 하고 싶지 않았던 수희는 그의 팔을 끌고 가게를 나왔다. 철수와 헤어질 때도 힘없이 손만 흔들던 그녀는 걷다가 넘어지다가 반복했다. 할 수 없이 진영에게 기대 겨우 초가에 도착할 수 있었다. 그러나 그녀는 집에 들어가지 않고, 숲으로 들어갔다. 너무 힘들 때 둘만 아는 비밀의 장소가 있었다. 숲이 울창한 곳에 유일하게 쉴 수 있는 잔디가 있는 아주 작은 공간이었지만, 두 사람에게 그곳은 특별한 곳이었다.

"날이 너무 좋다. 진영아."

알 수 없는 말을 하며 잔디에 힘없이 주저앉았다. 그리고는 두 무릎을 세워 끌어안더니 울기 시작했다. 소리도 없이 겨우 어깨만 들썩거리는 것이 더 마음이 아팠다. 겉옷을 벗어 어깨에 걸쳐주고 쓰러지지 않게 등을 마주대고 앉았다. 해줄 수 있는 게 아무것도 없었다. 수희와 달리 진영은 많은 친구들과 놀았고, 부모님은 물론 형들까지 가족들의 사랑도 듬뿍 자라 여지없는 막내였다. 그런 자기가 어떻게 겪어보지도 못한 수희의 외로움을 안다고 말할 수 있을까 싶었다.

"하필 오늘 같은 날 비도 안 온다. 치사하게."

누굴 위한 원망인지 알 수 없었다. 친구들이 생겼다고 기뻐하던 모습이 떠올랐다. 겁을 내면서도 설렌 표정을 잊을 수가 없다. 참 묘했다. 미술시간에 해맑게 웃던 천사의 모습을 다시 본 것 같아 진영도 행복했었다. 그런데 고작 자기의 이기적인 마음을 고백하고자 이용했다는 사실이 도저히 용서가 되지 않았다. 어떻게 해서든 수습하려 노력하려 머리를 굴려도 도저히 아무런 방법도 떠오르지 않았다. 수희는 밤이 깊도록 눈물을 쏟아내고 일어났다.

"집에 가자. 진영아."

어두워지면 그 비밀의 숲은 나오기가 힘들었다. 길도 없는 진짜 비밀의 숲이기 때문이다. 나뭇가지에 스치지 않게 가지를 살짝 치우며 걸었다. 어렵게 숲을 나와 집에 도착했을 때는 9시가 훌쩍 넘어가 있었다.

"늦었지?"

말 한마디면 이제 충분히 무슨 말인지 어떤 기분인지 알았다. 지금 그녀는 혼자 있고 싶지 않은 거였다.

"괜찮아. 나 전화 좀 하고, 너는 네 방에 가서 옷 갈아입어."

"응."

진영의 전화에 현경은 석민에게 전화를 걸었다. 퇴근 후에 아들을 데리고 오라는 말에 석민은 진영에게 도착 시간을 알려주었다.

"무슨 일 있니?"

"오늘 수희가 기분이 별로 안 좋아요. 자세한 건 나중에 말해 드릴게요."

"그래, 알았다. 새벽 한 시나 두 시쯤 될 거다."

"네."

수희 방에 불이 꺼졌다. 그녀의 방에 가서 제대로 이불은 덮고 누웠는지 확인만 할 요량으로 방문을 열었다. 역시 수희는 옷만 겨우 갈아입고 맨바닥에 누워 있었다. 못 본 척 이불을 깔고 수희를 들어 옮겼다. 여전히 가벼운 몸이었다. 과연 밥은 먹고 다니는지 진짜 궁금했다. 전기밥통의 전원은 꺼져 있고, 냉장고의 반찬은 그대로 있었다. 이불을 덮어주고 막 나오려는데, 그녀가 불렀다.

"있지. 진영아."

내게 등을 돌린 아주 작은 목소리는 조용한 방안에서 뚜렷하게 들려왔다.

"나 행복한가? 지금?"

진영은 나가려고 잡은 손잡이에서 손을 떼고 한쪽 벽에 기대앉았다. 그리고 무심한 듯 답했다.

"그걸 왜 나한테 물어. 네가 행복하면 행복한 거지."

어려운 질문이었다. 내가 수희와 오래 지냈다고 하

나 행복 여부는 본인만 알 수 있는 민감한 거였다. 아무리 '넌 행복해.'라고 최면을 걸더라도 본인이 '아니야, 난 불행해'라고 말하면 어쩔 수 없는 것이 바로 행복 아닌가.

"모르겠어. 어제까지만 하더라도 너 온 것만으로 매우 행복했거든. 근데 오늘은 모르겠어. 나 모르겠어. 진영아."

진영은 수희 곁으로 다가가 어깨를 감쌌다.

"나는 안될까? 철수도 있는데, 그래도 부족하지? 그래, 부족할 거야. 내가 할머니 자리, 네 부모님 자리 대신할 수 없으니까. 내가 여자 친구도 되어줄 수도 없고, 기껏 해봐야 그냥 친구라는 이름으로 곁에 있어 주는 게 다일 거야. 그래도 이건 약속할 수 있어. 나 다시는 네 곁을 떠나지 않아. 그건 내가 약속할 수 있어."

"응, 고마워. 진영아. 약속해 줘서 고마워. 곁에 있어 줘서 고마워. 정말 고마워."

수희는 참 눈물이 많은 아이였다. 두 번째인가? 그녀 옆에 누워 그녀를 꼭 안아 주었다. 늦게까지 잠을 못 자던 그녀는 내 품에서 잠이 들었다. 새벽, 석민이 올 시간에 밖으로 나왔다. 막 도착한 석민이 소리 지르기 직전이었다.

"쉿! 아버지. 수희가 힘들게 잠들었어요."

조용히 수희 방에서 나오는 아들을 보고 괜한 헛기
침이 나왔다. 진영은 아버지의 헛기침의 의미를 눈치
챘다.

"아무 일도 없었어요. 그냥 오늘 수희가 너무 힘들
어서 곁에 있어 준 것뿐이에요."

"무슨 일 있었는데?"

진영은 오늘 낮에 있었던 일들을 석민에게 해주었
다. 그도 화를 냈다.

"뭐 그런 애들이 다 있니?"

"아버지, 수희 깨겠어요."

헛기침하며 아들을 의미심장한 표정으로 쳐다봤다.

"너 오늘 수희 지켜줄 수 있냐?"

"네?"

무슨 말인지 몰라 다시 묻는 아들이었다.

"내일부터 봄 방학이지?"

"네."

"아무 일 없이 수희 지켜 줄 수 있냐고 물었다."

마치 딸 가진 아버지의 부탁처럼 들렸다. 진영이 주

저할 이유는 없었다.

"당연하죠."

"잊지 마라. 너도 남자다."

"네. 잊지 않을게요."

"엄마한테는 내가 얘기하마. 곁에 있어 줘라. 너무 오래는 있지 말고."

"네. 아버지."

석민이 돌아가고, 진영은 다시 수희 곁으로 왔다. 좀 더 그녀가 자는 것을 지켜보다 할머니 방으로 넘어왔다. 옆 방에 그녀가 있다는 사실이 심장을 가만두지 않게 했다. 쉽사리 이루지 못해 겨우 동이 틀 때쯤 잠이 들었다.

아침에 일어난 수희는 이불까지 덮고 있는 모습에 깜짝 놀랐다. 분명 바닥에 누웠던 건 같은데, 하는 순간 어젯밤 기억이 났다. 그러면서 어렴풋이 떠오르는 기억에 얼굴이 붉어지기 시작했다. 진영과 같은 방에 누워 있었다는 사실이 못 견디게 부끄러워졌다.

찬 바람이나 쐬고 싶다는 생각에 밖으로 나왔다. 그런데 진영의 신발이 옆에 가지런히 놓여 있는게 아닌

가. 조심스럽게 할머니 방을 열던 수희는 얼어붙고 말
았다. 진영이 이불도 제대로 덮지 않고 잠들어 있었
다. 교복을 그대로 입고 자는 모습은 불편해 보였고,
추운지 몸을 웅크리고 있었다.

'이불 덮어줘야 하는데….'

속으로 말하면서도 그가 들을까 조심스러웠다. 아
주 조용히 문을 연다고 열었으나 오래된 창호지 문에
서 끽소리가 났다. 그 바람에 진영과 눈이 마주치고
말았다.

"일어났어?"

"응. 너 왜 여기 있어?"

"그건 나중에 설명할게. 이불 어디 있어? 나 춥다.
조금만 더 잘게."

"잠깐만."

방으로 들어가 이불을 가져와 덮어주었다. 정말 피
곤한지 이불을 덮어 주자마자 바로 깊이 잠든 그였
다. 나가야 하는데, 발이 떨어지지 않았다. 잠든 그를
보고 싶다는 이상한 심리와 행여 나가는 길에 또 끽
소리가 나서 그가 깰까 염려되는 마음이 변명이 되어
그만 자리잡고 앉게 만들었다.

'잘 잔다. 안 불편한가? 침대에서 자다가 바닥에서 자면 허리 아프다고 하던데, 얜 아닌가 봐?'

얇은 머리카락이 문틈을 비집고 들어오는 바람에 살랑거렸다. 아까 연 문이 덜 닫힌 듯했다. 문을 닫아야 하는데, 그를 깨우고 싶지 않다는 마음이 더 컸다. 아직 봄이 찾아오지 않는 산골은 추웠다.

진영은 얼굴을 만지는 손길에 잠이 깼다. 조금은 차가운 손길이 뺨을 감싸고 있는 기분이 묘한 감정을 불러왔다. 좀 더 느끼고 싶었는데, 그럴 수 없었다. 너무 부드러운 손길에 다시 잠이 든 것이다. 바람에 훅 열린 문소리에 잠이 깬 진영은 눈을 떴다. 눈앞에 잠든 수희가 있었다. 추운지 몸을 둥글게 말고 내 쪽을 보며 잠든 모습이 너무 예뻤다. 잠자코 바라만 보고 있기에 열린 문으로 바람은 차가웠다. 더욱 몸을 동그랗게 마는 그녀를 보고 문을 닫기 위해 일어났다. 다시 자리로 갔을 때는 수희가 내 자리를 차지하고 누워 있었다.

'귀엽다.'

그러나 그녀를 감상하다가도 하품이 연신 나왔다.

그러면 안 되는 줄 알면서도 이불 속으로 들어가 수희 옆에 누웠다. 서로 마주 보고 있음에 잠이 확 깼다. 게다가 내 품으로 쏙 들어와 가슴에 얼굴을 파묻는 그녀가 귀여워 참을 수가 없었다. 머리 밑으로 팔을 넣고 팔베개를 해주자 그녀가 웃으며 잠꼬대한다.

"진영아."

자는 동안 무심결에도 내 이름을 부른다는 사실만으로 가슴이 벅찼다. 한참을 잠들지 못했다. 몸은 피곤해서 연신 하품하는 것과 달리 정신은 계속 깨어 있었다. 그러나 정신보다는 몸이 이기고 말았다.

그렇게 오후가 되었다. 그때 밖에서 석민의 목소리가 들려왔다.

"수희야? 진영아?"

수희는 눈을 번쩍 떴다. 눈앞에 있는 진영의 가슴을 보고 놀랐다. 그러나 밖에 들려오는 석민의 목소리는 그녀의 정신을 돌아오게 하기에 충분했다. 바로 일어나 자기 방과 연결된 문을 지나 수희는 거울을 한 번 보고 옷매무시를 정리한 다음 머리를 빗었다.

"네. 삼촌."

수희가 일어나 석민의 부름에 대답하는 사이 진영

은 아쉬움에 석민을 원망했다. 일찌감치 깨 잠든 수희를 보고 있던 그는 품에서 떨어져 자기 방으로 가버린 그녀를 잡지 못하는 상황이 싫었다. 그러나 누워 있을 수도 없었다. 석민이 문을 벌컥 열었기 때문이다.

"뭐야? 아직도 자냐? 일어나. 수희 데리고 집에 가. 이 집 공사할 거다. 일종에 리모델링?"

"네?"

"창문 달고, 문도 잠글 수 있는 문으로 바꾸고, 저기 현관도 잠글 수 있는 것으로 공사 좀 하고, 화장실도 반 재래식으로 바꾸고 내가 왜 너한테 설명하고 있냐? 얼른 짐 싸서 집으로 가 있어. 봄 방학 안에 공사 끝내려면 빨리 서둘러야 한다."

진영은 정신없이 짐을 싸고 있는 그녀 곁으로 갔다.

"뭐 챙겨야 해?"

"글쎄. 나도 모르겠어. 그냥 일주일 정도 지낼 옷 정도 싸면 되지 않을까? 냉장고 음식은 삼촌이 일단은 너희 집으로 옮길 거라고 걱정하지 말라고 하셨어."

"그러면 얼른 챙겨. 내가 맬게."

"응."

여행을 가본 적 없는 수희는 뭘 챙겨야 할지 몰라

우왕좌왕했다. 그때 진영이 나섰다.

"칫솔, 치약은 우리 집에 있으니 됐고, 옷이랑 속옷 정도만 챙기면 돼. 공부는 안 할 거고, 그림 도구는 우리 집에 있으니 안 챙겨도 되고 옷만 챙기면 되겠다. 양말 정도? 더 챙기고."

"응."

그의 말을 듣고 서둘러 짐을 챙겼다. 옷, 속옷, 양말이라고 해 봤자 몇 벌 없었다. 그래서 일주일 치 짐은 겨우 책가방에 들어갈 정도의 양이었다.

"이것뿐이야?"

"응."

"가자."

"응."

산에서 내려오면서 수희는 뒤를 돌아보았다. 할머니가 보이는 듯했다. 고작 일주일 집을 떠나는 건데, 그게 또 서운했다.

진영의 집에 도착했을 때 현경이 나와 있었다. 그녀는 아들에게는 눈길도 주지 않고 수희의 팔짱만 끼고 집으로 들어갔다. 그리고 2층이 아닌 1층 부부 침실로 안내했다.

"이모하고 같이 자는 거 괜찮지?"

"삼촌은요?"

"2층에서 진영과 자도 되고, 다른 놈이랑 자도 되고. 정 싫으면 소파에서 자도 되고."

"그건 좀."

"여기 남자만 넷이다. 여자는 너와 나 둘뿐이야. 우리 몸은 우리가 지켜야지."

"네?"

현경은 농담으로 했는데, 진담으로 받아들이는 수희 덕에 머쓱했다.

"농담이야. 그냥 안방에 욕실이 있어. 그래서 너 사용하기도 편하고, 2층에는 오빠 둘도 있고, 해서 너 불편하지 않을까 봐."

"배려해 주셔서 감사합니다."

반면 당연히 자기 방을 쓸 거라 확신했던 진영은 실망했다. 쉬는 동안 내가 그린 거 자랑도 하고, 방에서 놀 생각을 했던 터라 괜히 심술이 났다.

"엄마, 저희 밥 안 먹었어요."

"맞다. 내 정신 좀 봐. 밥 차려 놨어. 씻고 나와."

안방으로 들어간 수희는 초가 방 세 개는 되어 보이는 안방 크기에 놀랐다. 넓은 침대와 고급스러운 가구, 화려한 조명, 베란다로 연결된 창문 밖으로 보이는 뒷산의 배경은 한 폭의 그림 같았다.

"와, 방 크다."

괜히 부러웠다. 우리 집은 창호지 문틈 사이로 바람이 불어왔는데, 여긴 밖에 소리가 전혀 들리지 않는 방음은 물론 창밖으로 나무 사이로 오가는 바람까지 눈에 보였다. 한참 방을 둘러보고 있는데, 밖에서 부산스러운 소리가 들렸다.

"이러고 있으면 나 찾으러 오겠다. 얼른 씻고 나가야겠다."

가방을 내려놓고, 욕실로 들어갔다. 화장대 위에 메모지가 보였다.

[수희야, 이거 로션이야. 작은 건 손에 바르는 거고, 큰 거는 몸에 바르는 거야. 얼굴에 바르는 건 중간에 있다. 세수하고 바르고 나와.]

제일 큰 것에 로션의 뚜껑을 열었다. 좋은 향이 났다. 무슨 꽃의 향인 것 같았다. 깨알 같은 작은 글씨에는 장미 향이라고 적혀 있었다.

"얼른 세수하고 와야지."

신세계를 경험하는 기분이었다. 중간 것과 제일 작은 것은 비누 향이 났다. 바르는 동안 기분이 좋아졌다. 밖으로 나오자 진영이 코를 킁킁거렸다.

"너 뭐 발랐냐?"

"어? 응. 참, 이모 감사합니다."

"아니야. 향은 마음에 들어? 학생들이 많이 쓰는 거라고 하던데? 어때?"

"향 너무 좋아요."

"그건 여기서도 쓰고 네 집 갈 때 가져가. 알았지?"

"그래도 돼요?"

"당연하지."

엄마가 있었다면 이렇게 챙겨주었을 것 같다. 한번도 본 적 없는 엄마였지만, 그리워졌다. 괜히 진영이 부러워졌다. 나라면 매일 엄마 손 잡고, 안아주었을 것 같은데, 진영은 오히려 엄마에게 툴툴거렸다.

"엄마, 설마 수희 데리고 인형 놀이할 생각이면 하지 마요!"

"얘는 내가 무슨 인형 놀이를 한다고!"

현경을 향해 발끈하던 진영이 오래전 기억을 더듬

거렸다.

"어릴 때 엄마가 딸이 너무 갖고 싶어서 저한테 치마 입힌 거 큰 형한테 다 들었거든요."

"그거야, 그때 일이고. 지금은 진짜 딸이잖아."

딸이라는 말에 심장이 두근거렸다. 엄마가 살아온 것 같은 기분이 들었다. 괜히 기분이 좋아져 웃으니 현경이 가만히 손을 잡아주었다.

"많이 먹어. 수희야."

"네."

진영과 수희는 방학 동안 즐겁게 보냈다. 두 오빠들은 여동생이 생겨 너무 좋다고 매일 먹고 싶은 거 없냐고 전화했다.

"이거 엑셀런트라는 고급 아이스크림이야. 먹어봐."

"잘 먹을게요. 큰오빠."

큰오빠는 벌써 24살이었다. 아이스크림 하나를 집어 껍질을 반쯤 벗겨 내게 내밀었다. 한 입 베어 물자 부드러운 맛에 저절로 눈이 감겼다.

"맛있지?"

"네. 너무 맛있어요."

진영도 아이스크림을 하나 먹으면서 그들을 보았

다. 큰형 앞에서 이를 드러내고 웃는 수희를 보며 괜한 질투를 느꼈다. 나와 있을 때와 전혀 다른 모습이었다. 장단도 잘 맞추고, 액션도 좋았다. 늦은 저녁 2층으로 올라가는 큰형에게 시비를 걸었다.

"얼씨구?"

벌써 그의 속내를 눈치챈 큰형은 웃었다.

"야, 그게 질투 거리가 되냐?"

"질투 안 했거든."

"이거 질투 맞거든. 바보야. 이래서 연애는 하겠냐! 쯧쯧. 걱정이다."

알 수 없는 걱정에 오히려 짜증만 커졌다. 문제는 둘째 형이었다. 이제 대학생이 된 형은 서울에서 대학교에 다녔다. 그런데 수희에게 호감이 있는 듯했다.

"형? 작은형?"

"왜?"

"수희, 제 여자예요."

"이진영. 남자다 이거냐?"

작은형은 진영을 데리고 같이 밖에 나갔다. 3월이면 다시 서울로 올라가야 했던 작은형은 솔직히 동생이 수희에게 관심이 없었다면 진짜 사귀자고 말을 해

봤을 거라는 상상은 했다. 그건 어디까지나 상상. 동생이 조그만할 때부터 좋아하던 여자애한테 고백할 만큼 어리석지는 않았다.

"고백은 했냐?"

"응? 아직."

"그러다 뺏긴다."

"다들 왜 나한테 그 얘기만 하지?"

괜히 화가 나 애꿎은 돌멩이만 발로 찼다.

"또 누가 그랬어?"

"어떤 이상한 여자애가."

작은형은 웃으며 내 머리를 쓰다듬었다.

"너 인기 많은가 보네. 어영부영 있다가 괜히 남한테 선수 빼앗기고 땅 치고 후회하지 마라. 내가 예전에 그랬잖아. 어색한 사이가 싫어서 차일피일 미루다가 결국 내 첫사랑 다른 사람한테 뺏기고, 그때 군대나 갈까 고민 많이 했다."

"참, 형, 영장 나왔더라."

"뭐? 에이, 군대 가기 싫다."

작은형과 밤새도록 이야기하다 돌아본 큰 방은 여전히 불이 환하게 비추고 있었다.

04.

진영과 수희, 수희와 진영

"수희, 씻었니? 이모가 등에 로션 발라 줄까?"

"아뇨. 괜찮아요."

"하긴 좀 그렇지?"

현경은 뭐든 해주고 싶었다. 딸이 너무 가지고 싶어서 아이를 셋이나 낳았다. 그런데 아들만 줄줄이 낳아 키우는 동안 정말 힘들었다. 셋 다 애교는 요만큼도 없고, 목욕탕도 혼자 가고, 먹고 싶은 것도 취향이 달라 혼자 먹고, 영화도 혼자 봤다. 그런데 진짜 만일 수희가 딸이 된다면 얼마나 좋을까 생각하고 또 했다. 할머니가 죽었을 때, 수희를 딸로 입양하려 했다. 그런데 아버지라는 사람이 버젓이 있었고, 죽은 게 아니라 버려졌다는 사실에 마음이 짠했다. 시골 산골에 혼자 사는 것도 마음에 걸렸고, 이번에 벼르고 별러 공사를 하는 것도 공사 자금을 마련하는 데 시간이 걸려서였다. 얼마 전 서울 큰 언니와 통화를 하지 않았다면 아마 더 힘들었을 것이다.

"언니, 잘 지내?"

"응. 너는."

"나야, 뭐. 참, 앞에 우리 아들 잘 돌봐줘서 고마워. 언니. 내가 담에 맛있는 밥 한 번 쏜다."

"그래. 꼭 쏴라."

간단한 안부 전화를 하다 큰언니 입에서 먼저 수희 이야기가 나왔다.

"있잖아. 수희라는 아이, 형편이 어때?"

"언니가 수희를 어떻게 알아?"

진영을 통해서 우연히 알게 되었다고 말하면서 조심스럽게 후원하고 싶다는 의사를 비쳤다. 큰 언니는 자식도 없거니와 부자였다. 형부는 일가친척들이 모두 돌아가시고, 어린이 후원을 하셨다. 요번엔 수희를 하고 싶다고 했다.

"무슨 아버지가 그러냐?"

"그러게 말이야. 세상에 별별 사람이 다 있어! 그럼, 언니. 이번에 수희 집 리모델링하고 싶은데, 언니가 도와줄래? 여자애 혼자 사는 데 초가는 아무래도 불안하잖아. 잠금 기능이 있는 문과 현관으로 바꾸려고. 화장실도 재래식인데 상황을 보고 개조를 하든지 반재래식으로 하던지 바꾸고, 뭐 기타 등등 바꿀 수 있는 건 바꿔보려고."

"업자는 있고? 내가 잘 아는 분이 있는데, 소개해 줄까?"

"그러면 고맙지."

"오케이, 언니가 먼저 업자 만나서 상황 설명하고 보낼게. 스케줄은 애들 봄 방학 때 하면 되겠다.

"응. 고마워. 언니."

그렇게 시작된 리모델링이었다. 표면상으로는 석민과 현경이 하는 것으로 큰 언니의 이름은 빼달라고 했다. 굳이 알려서 부담 주고 싶지 않다는 이유에서였다.

"수희야 집에서 생활하는 건 어때? 불편하지 않아?"

"오빠들도 잘해주시고, 편하고 좋아요."

"그래도 집이 더 좋지?"

"뭐 그렇죠."

현경은 물기가 그대로 있는 젖은 머리카락을 보았다. 자연스럽게 수희를 침대에 앉히고 드라이기를 틀

167

었다. 수희는 드라이기 기분 좋은 소음에 눈이 저절로
감겼다.

"공사가 조금 걸린대. 당분간은 우리 집에서 학교
다녀야 할 것 같은데, 괜찮을까?"

"얼마나요?"

"한 달쯤. 집이 너무 오래되었대."

수희는 어쩔 수 없다는 듯이 고개를 끄덕였다. 이미
공사한다고 여기저기 들쑤셔 놨을 텐데 싫다고 못 하
게 할 명분도 없었다.

"그래, 이해해 줘서 고맙다."

"제가 더 고맙죠."

현경은 진짜 수희와 진영이 결혼하는 상상을 해봤
다. 기분 좋은 상상이었다. 바로 집 옆에 빈 폐가와 땅
을 사서 신혼집을 만들어 주어도 좋겠다고 생각했다.
신혼을 즐기면서 곁에 두고 챙겨주면서 말이다.

"아버지께서는 자주 오셔?"

"아뇨. 몇 달에 한 번 정도?"

석민이 넌지시 물어보라는 말에 물어본 것이었다.
그러나 수희는 더 이상 말하고 싶지 않아 다른 화제
로 말을 돌렸다.

"수희는 대학 갈 거야?"

"갈 수 있을까요?"

"왜 못 가. 네 실력이면 장학금 받고 갈 수 있어. 내가 추천서 써 줄게. 나 옛날에 꽤 잘나가는 화가였어. 내 추천서 하나면 웬만한 대학은 입학 가능. 그다음은 네가 열심히 해서 장학금 타면 되지. 가능할 거야."

"생각해 볼게요."

"생각할 게 뭐가 있을까?"

욕심은 있었다. 가고 싶기도 했다. 그러나 그 중심에는 아버지가 있었다. 미술로 대학에 가면 분명 노발대발할 것이 분명하기 때문이었다. 진영이 돌아오고 상을 탄 적이 없기 때문에 온 적이 없었다. 하지만 대회 날짜가 잡히고 혹여 이번에 입상하게 되면 아버지가 올 것이다. 그러면 수희는 천국과 지옥을 또 왔다 갔다 할게 뻔했다.

진영의 집에서 새 학기가 시작되었다. 미술 전공하는 학생이 몇 없기 때문에 3년 내내 같은 반일 수 있다고 하더니 역시나였다. 둘은 이번에도 같은 반이었고, 1학년 때 봤던 친구들이 그대로 같은 반이 되었다.

고로 꼴 보기 싫은 그 여자애들도 계속 봐야 한다는 것이었다.

"수희야, 안녕?"

지현의 반가운 인사에 수희는 못 들은 척 했다. 괜히 좋은 말이 나갈 것 같지 않았고, 시끄럽게 해서 주목받고 싶지도 않았기 때문이다. 그런데 갑자기 자기 팔을 잡았다. 아직 트라우마가 가시지 않은 그녀는 놀라 진영의 손을 잡았고, 진영은 빠르게 지현의 손을 쳐냈다. 여전히 놀란 수희를 진정시키고는 지현을 노려보았다.

"아는 척하지 마라."

"치, 수희 너는 그런 말도 못 해서 흑기사 시키냐?"

지현 옆에 앉은 지우가 나섰다.

"나라면 그 정도는 혼자 할 수 있는데, 참 힘들게 산다. 이진영."

지우의 말을 무시하며 둘은 맨 뒷자리로 가서 자리를 잡았다. 자리는 매일 바뀌었다. 수업 시간보다 실기 수업이 더 많다 보니, 교실에 있는 시간보다 실습실에 있는 경우가 많기 때문이었다.

오늘도 어김없이 실습실로 이동했다. 진영과 수희

는 짝꿍처럼 같이 다녔다. 1학년 때부터 봐온 친구들은 이제 이상하게 생각도 안 했다. 그들은 공공연한 연인이었다.

학기가 시작되고 어느 날부터 진영을 따로 불러내는 남자들이 늘었다. 그런 날이면 이상하게 진영의 기분이 나빴다.

"진영아, 아까 2반 남자애랑 밖에서 무슨 이야기 했어?"

"어? 별거 아니야. 싸움 가르쳐달라고 해서 싫다고 했어."

"그래서 기분 안 좋은 거야?"

"뭐? 내 기분 괜찮은데."

괜한 걱정인가? 생각하고 잊으려는 데, 다음 주도 같은 상황이 벌어졌다. 뒤따라갈까 하다 나중에 물어보자 생각하고 말았다. 그때 진영은 옆 반에 키 크고 잘생긴 놈, 배우를 한다고 해도 믿을 어떤 놈과 함께 있었다. 그는 단도직입적으로 물었다.

"너 수희하고 무슨 사이야?"

"무슨 사이냐니?"

"알면서 떠보지 말고."

"내가 좋아하는 사람."

"수희는?"

여기서 매번 말문이 막혔다. 그동안 그녀의 모습을 보면 그녀도 나를 좋아하는 것 같은데, 정확히 확신할 수는 없었다. 직접 들은 것도 아니고, 간접적인 표현만으로 그녀에 대한 확신을 내뱉기가 껄끄러웠다.

"수희도 아마 날 좋아할 거야."

"아마?"

요번은 만만치 않다. 말할 때마다 허점을 파고들었다.

"응. 아마."

"그러면 기회는 있다는 거네?"

"너 수희 좋아해?"

"나는 아마 아니야. 좋아해. 많이."

"왜?"

그 녀석은 기분 좋은 질문이라도 들었는지 웃었다. 그 모습에 배알이 꼬였다.

"그건 너한테 말해주기 싫어. 수희한테 말할 거야. 너한테 이젠 볼 일 없어. 오늘 고마웠어."

돌아서는 그 녀석의 멱살을 잡았다. 다른 녀석들은

이미 진영의 소문을 알고 있었기에 쫄았는데, 이 녀석은 아니었다.

"네 소문은 알아. 그렇다고 너와 싸울 마음 없어. 나도 권투는 조금 했어. 싸우려면 싸울 수 있는데, 수희가 싫어한다며? 그래서 안 하려고."

말마다 기분이 나빴다. 자기한테 수희가 뭐라도 되는 양 말하는 게 영 기분에 거슬렸다. 그러나 녀석이 수희 이름을 거론하니, 저절로 주먹에서 힘이 풀렸다.

"고백을 안 한 건 너야. 그러니 후회도 네가 해야지. 내 탓 하지 말고."

"마치 수희가 네 여자 친구라도 된 것처럼 말하지 마. 아직 아무 일도 일어나지 않았어."

"그럴까? 나는 지금 말하러 가는 길이고, 넌 아닌데?"

진지한 표정으로 말하며 진영을 스치고 지나갔다. 당연히 종일 그의 시선은 수희 곁을 떠나지 않았다. 그런데 아주 잠시 자리를 비웠다. 담임이 부른 것이다. 돌아왔을 때 그녀가 보이지 않았다.

"수희 못 봤니?"

수희 옆에서 놀던 놈에게 행방을 물었다.

"아까 옆 반에 키 엄청나게 크고 잘생긴 남자애가

불러서 갔어. 한 20분 됐나."

20분이나 되었다고? 일이 잘된 건가? 아님 무슨 일이 생겼나? 별별 생각으로 학교를 뒤졌다. 그 녀석과 이야기를 나눴던 곳에는 없었다. 그러면 어디에 있을까? 옥상 문은 잠겨 있으니 아니고, 혹시나 해서 비어 있는 실습장을 돌아다녔다. 역시 거기 있었다.

거긴 그 녀석과 수희가 막 키스하려는 자세로 서 있었다. 순간 모든 판단력이 멈추었다. 그저 안된다는 생각으로 문을 벌컥 열었다. 기분 나빠하는 그 녀석과 놀란 수희. 수희의 손을 잡았는데, 그 녀석이 주먹을 날렸다.

"네가 먼저 선빵한거다!"

"흥. 방해는 네가 했잖아. 좋은 시간 보낼 수 있었는데."

"뭐 이 자식이?"

그러다 앞뒤 분간 없이 날아간 주먹은 그 녀석을 피해 허공을 스쳤다.

"말했잖아. 나도 권투했었다고? 너만큼은 아니어도 피하는 건 어느 정도 해."

"다음엔 알짤 없다."

"있든 없든."

녀석은 능글능글하게 웃더니 나갔다. 그 녀석에 대한 분노로 아무것도 보이지 않았다. 녀석을 따라 문 쪽으로 간 진영은 문을 잠가 버렸다. 울고 있는 수희를 보고 정신을 차렸어야 했으나, 못했다. 그대로 수희를 붙잡고 입술을 가져다 댔다. 심하게 반항하는 그녀가 야속해 움직이지 못 하게 더 꽉 안았고, 밀착한 몸 사이로 작은 손이 나를 밀어내려고 하는 게 미웠다.

수희는 이 상황이 무서웠다. 진영의 돌발 행동에 놀라 뒷걸음을 쳤다. 그는 막무가내였고, 잠깐의 틈이 생겼을 때 그의 뺨을 때렸다. 거친 호흡을 하는 그를 노려보다 바닥에 주저앉았다. 쉴 새 없이 나오는 눈물은 두려움인지 원망인지 알 수 없었다. 그저 이 상황이 싫었다.

서서히 정신이 돌아온 진영은 자신의 실수를 인정했다. 좀 전의 상황이 이제야 이해가 된 것이다. 어떤 변명도 소용없었다. 일은 이미 벌어졌고, 수희는 자신으로 인해 깊은 상처가 생겼다. 그제야 수희 앞에 무릎을 꿇고 앉았다. 용서를 빌어야 하는데 그럴 수 없었다. 차마 떨어지지 않는 입은 벌어지다 닫히기만 반복했다.

"다 미쳤어. 너도, 종호도 다."

자신은 쳐다보지도 않고, 소리치던 수희는 바닥에 주저앉아 일어나지 않았다. 울음은 잦아들었으나 몸의 떨림은 멈추지 않았다. 안아주고 싶은 마음과 달리 자신이 자격이 없다는 것에 아무것도 할 수 없었다. 하교 시간이 되어서야 겨우 진정한 수희는 교실로 돌아갔다. 담임에게 알리지 않는 교실 이탈로 둘은 나란히 벌점을 받았다. 집으로 돌아가는 길, 수희가 앞장서서 걸었고 그 뒤를 진영이 조용히 따랐다. 자신의 집으로 갈 줄 알았던 그녀는 초가가 있던 산으로 갔다. 여전히 공사 중인 걸 본 수희는 한숨을 쉬며 진영의 집으로 발길을 돌렸다.

현경은 집으로 들어온 수희를 보고 깜짝 놀랐다. 헝클어진 머리, 잔뜩 구겨진 교복, 퉁퉁 부은 눈, 상기된 얼굴을 하고 들어와 말도 없이 겨우 고개만 숙이고 안방으로 들어가는 모습에 적잖게 당황했다. 게다가 뒤에 서 있던 진영 역시 상황은 비슷했다. 그는 자신은 보이지 않는지 수희의 동선을 따라 시선을 옮기고 나서야 힘겹게 인사했다.

"다녀왔습니다."

아들의 목소리는 갈라지고 힘이 없었다. 분명 무슨 일이 있다는 확신에 그대로 2층으로 올라가는 아들을 붙잡았다.

"무슨 일 있었어?"

"아버지 오시면 말씀드릴게요."

그날 저녁 수희는 저녁도 먹지 않고, 방에서 꼼짝도 하지 않았다. 진영은 부모님을 모시고 2층으로 올라왔다.

"옆 반에 어떤 자식이 수희에게 함부로 했어요. 억지로 키스하려 했고, 수희는 충격을 받은 것 같았어요."

"가만있으면 안 되겠다. 신고해야겠어."

흥분한 현경 앞에 진영은 다시 무릎을 꿇었다.

"뭐 하는 거니?"

"사실은 그 녀석은 키스 못 했어요. 제가 했어요. 이성을 잃어버리고 싶다는 수희한테 억지로 제가 했어요. 잘못했어요. 잘못했습니다."

눈물을 흘리며 용서를 비는 아들은 소리도 내지 못하고 있었다. 자기 잘못을 아는 것이었다. 석민의 손이 올라갔다가 내려왔다.

"너한테 실망했다."

부모님이 내려가고 혼자 남은 진영은 자리에서 일어나지 못했다.

수희는 침대에 누워 한참 울었다. 눈은 퉁퉁 부어 더 이상 나올 눈물이 없을 거라는 생각과 달리 끊임없이 나왔다. 혼자 그렇게 울고 있는데, 현경이 조용히 들어와 자길 안아주었다.

"미안하다. 수희야. 내가 아들을 잘못 키웠어. 미안해. 정말. 오늘 매우 힘들었지? 힘들고 지치는 게 당연한 거야. 눈물이 나는 게 당연한 거야. 그러니까 눈치 보지 말고 맘껏 울어."

수희는 현경품에 안겨 울었다. 오늘 진영의 행동은 분명 잘못되었다. 무엇보다 내게 보인 무서운 표정은 정말 실망이었다. 종호에 대한 무서움보다 더 두렵게 다가왔다. 진영의 마음이 궁금하기는 했다. 그런데 이렇게 알고 싶지는 않았다.

현경은 수희가 진정될 때까지 기다렸다. 어느 정도 진정되었을 때 말문을 열었다.

"오늘 상황을 말해줄 수 있을까?"

"어디서부터요?"

"처음부터 말이야."

수희는 그때 일을 떠올리며 인상을 썼다. 그리고 생각했다. 내게 상황을 물어온 사람들은 대개 믿고 싶지 않은 얘기에 대한 거짓된 말을 기대했다. 그래서 사실을 말하면 다들 화를 냈다. 그렇다면 현경은 어떨까? 그동안에 모습을 보면 이전과는 다를 거라는 생각은 들었다. 그렇다고 불신이 아예 없는 것은 아니었다. 무엇보다 진영도 포함된 일이니 더더욱 어디까지 말해야 할지 고민되었다. 수희의 고민을 안다는 듯이 현경은 자신을 똑바로 보았다.

"진영의 얘기까지 포함이야. 널 원망하는 일은 없을 테니 사실대로 말해 줄래? 네가 잘못해서 묻는 게 아니야. 네가 중심에 있어서 묻는 거야."

그제야 크게 심호흡하고 이야기를 시작했다.

"쉬는 시간이었어요. 그때⋯⋯."

진영이 잠시 자리를 비운 시간, 그때 옆 반에서 자신을 찾는다는 소리에 일어섰다. 입구에서 키가 크고, 잘생긴 남학생이 서 있었다.

"안녕, 나는 종호라고 해. 작곡을 하고 있어. 너한

테 할 말이 있는데, 잠깐 조용한 데로 갈래?"

"싫어."

"진영한테 허락받았어. 그리고 나 진영도 알아."

"내가 왜 널 만나는 데, 진영이 허락을 받아야 하는데?"

"하하. 그러네. 그냥, 나도 진영이 친구라고, 그러니까 걱정하지 말라는 말을 하고 싶어서 그랬어. 아님 여기서 말할까?"

"무슨 말인데?"

"내가 널 좋…."

무슨 말인지 알 것 같은 기분에 결국 종호를 따라나섰다. 괜히 소문을 만들고 싶지 않았다. 조용한 곳을 찾으러 간다는 종호는 비어있는 실습장으로 들어갔다.

"자, 여기 문 조금 열어 났어. 언제든 네가 가고 싶을 때 가도 돼."

최대한 나를 배려하는 모습에 안심했다. 종호는 조금 뜸을 들였다.

"실습장에서 네가 그림 그리는 것을 봤어. 진짜 우연이었는데, 웃는 모습이 너무 예쁘더라. 네가 자주 연습하는 거기 맞은 편의 교실이 내가 작곡을 연습하기 위해 자주 가는 곳이야. 구상만 하기 위해 조용한 곳을 찾다가 빈 교실을 발견했어. 동시에 너도 발견했지."

그때를 회상하며 웃었다. 주머니에서 작은 수첩을 꺼내 내밀었다. 악보는 문외한이었던 수희는 내민 수첩을 도로 돌려주었다.

"언젠가 네게 이걸 연주해 주고 싶어. 이 모든 게 너를 보며 지은 거거든. 이게 한 악보야. 이제 거의 완성이 되었어. 화가에게는 뮤즈가 있다고 들었어. 내 작곡의 뮤즈는 너야. 수희야."

감흥은 없었다. 내게 이렇게 고백하는 사람은 종호가 처음이었다. 그러나 아는 친구도 아니었고 좋거나 들뜨거나 어떤 기분도 들지 않았다. 그리고 고백이 맞는지도 모르겠다.

"그래서?"

괜히 눈치가 없는 것처럼 되물었다. 종호는 기분이 좋아 보였다.

"그래서 너 좋다고. 나 너 좋아."

"난 너한테 관심 없어."

그 말을 듣더니 갑자기 웃기 시작했다. 뜻밖에 행동에 놀랐으나 관심은 없었다. 그랬기에 돌아서 교실로 가려는데 종호가 손을 잡아 돌려세웠다. 우직한 손길이 거칠게 다가왔다.

"류수희 내 얘기 아직 안 끝났어. 마저 듣고 갔으면 좋겠는데."

"나는 끝났어. 너한테 아무 감정도 없어. 널 알지도 못하고 오늘 처음 본 너한테 내가 해줄 말은 딱 하나야. 거절."

"당돌하네. 생각할 여지도 없어?"

잘생긴 외모, 충분한 배려까지 갖춘 그는 이제껏 한 번도 거절당해 본 적이 없는 것 같았다. 그래서 이 상황이 재미있기도 하고 어이없기도 한 모양이었다. 그러나 그건 수희 자신과 아무 상관도 없었다.

"이거 놔. 아파."

"나와 키스를 해보면 달라질 거야."

종호는 회심의 미소를 날렸다. 자기처럼 잘생긴 남자가 키스라는 말을 꺼냈으니 분명 설레어 할 것이다. 가끔 여자애들은 좋으면서도 싫은 척 튕기는 데, 왜 그러는지 이해할 수 없다.

"뭐?"

수희는 불쾌한 기분이 들었다. '키스'라는 단어를 듣자마자, 몸이 떨려왔다. 조금씩 뒷걸음치면서 종호와 멀어지려고 했다. 반면 그는 우직스럽게 잡은 손을 놓지 않았다.

"나하고 키스한 여자애는 나한테 다 반했어. 너도 그럴 거야."

종호는 수희의 손을 잡아 당겼고, 반동때문인지 종호의 품에 안긴 것처럼 가까워졌다. 그 순간 수희는 겁이 났다. 역시 따라오는 게 아니었다. 어른들이 모르는 사람은 따라가지 말라고 아주 어릴 때부터 가르쳐 줬는데, 그새 컸다고 잊었다. 뒤늦게 후회했지만, 엎질러진 물이었다.

"갈 거야. 놔."

수희의 외침은 그에게 들리지 않는 것 같았다. 종호는 이 상황을 즐기듯이 내 머리를 잡았다. 종호 품에 가둬진 채 점점 얼굴이 가까워졌다. 그는 이런 일이 비일비재 했는지 모든 행동이 자연스러웠다. 만약 수희가 거부하려 힘만 주지 않는다면 누가 보아도 이 장면은 키스하는 장면처럼 보였을 것이다. 그러나 종호와 수희 사이에는 5cm의 틈이 있었고, 종호는 마치 이 상황을 즐기듯 적당한 힘으로 수희의 머리를 자기 쪽으로 잡아당겼다. 막 입술이 닿으려고 할 때 진영이 실습실 문을 열었다.

"멈춰."

진영의 말에도 종호는 멈출 생각이 없었다. 굳이 들을 필요도 없겠거니와 1, 2분이면 상황 종료가 될 텐데 그의 방해가 짜증날 뿐이었다. 조금 서둘렀지만, 진영이 바로 옆까지 와 결국 수희를 놓아 주어야 했다. 오늘은 방해꾼이 있어서 더 이상 진행은 힘들 것 같았다. 그러나 수희와의 첫 키스를 방해한 진영은 용서할 수 없었다. 진영을 향해 주먹을 날렸고, 싸움의 신이라고 불리는 그에게는 닿지 않았다. 그는 내가 선빵을 날려준 것에 대해 고마워하는 눈치였다. 당장이라도 싸울 기세로 자세를 잡는 그와 싸울 생각은 없었다. 무엇보다 수희 앞에서 이런 이유로 점수를 깎고 싶지 않았다. 가뿐하게 피한 후 수희를 쳐다봤다. 내가 서 있던 자리를 응시하고 있는 수희는 아쉬워 보였다. 종호의 시점에서는 그리 보였다.

"아쉽지? 수희야? 우리의 키스는 다음에. 그때는 절대 중도 하차는 없을 거야. 나, 갈게."

웃는 얼굴의 그를 보자 수희는 온몸이 떨려왔다. 무너지려는 자신을 겨우 붙잡고 있는데, 낯선 진영과 마주해야 했다. 난생처음 보는 눈빛, 거친 호흡 종호보다 더 무서웠다. 그때가 기억나면서 다시 몸이 떨려왔다. 벌벌 떠는 수희의 손을 현경이 잡아 주었다.

"괜찮아. 이모가 옆에 있어. 천천히, 천천히 해."

"여…, 여기까지가 종호 이야기이고, 다음이 진영인데, 진짜 사실대로 말해요?"

"그래. 사실대로 말해줘. 나는 괜찮아. 내가 진영의 엄마라서 네가 부담스러워하는 건 이해해. 그런데 너도 나에게는 딸 같은 아이란다. 그러니 눈치 보지 말고 있는 그대로 말하면 돼. 뒷일은 나와 삼촌이 알아서 할게."

수희는 크게 심호흡을 몇 번이나 했다. 최대한 감정을 넣지 않고, 사실만 말하자고 다짐하며 입을 열었다.

"그러니까 진영이 종호가 가고 문을 잠갔어요. 그리고 저한테 오더니 …."

그때 진영을 다시 생각하기가 두려웠다. '딸깍' 소리와 함께 몸을 돌린 그는 화가 나 있었다. 내 앞에서는 단 한 번도 보인 적 없는 낯선 모습에 온몸이 굳어졌다.

"너, 왜……, 그래? 진영아!"

목소리가 떨려왔다. 크게 불러 정신을 차리게 해야
한다는 생각과 달리 목소리는 터무니없이 작았다. 결
국 닿지 않았는지 진영은 바로 코 앞까지 왔다. 전혀
망설임 따위는 없었다. 아무 말도 안 하던 그는 바로
내 입술에 자기 입술을 대었다. 사랑 소설책에서 보았
던 그런 건 전혀 없었다. 마치 먹어 치우기라도 하겠
다는 듯이 달려들 뿐이었다.

어떻게든 벗어나려 가슴을 밀었다. 밀리기는커녕
더 조여올 뿐이었다. 움직이지 못하게 얼굴을 감싼 진
영은 낯선 남자였다. 자기의 욕망을 채우기 전에는 절
대 놓아주지 않겠다는 듯이 밀어붙이는 통해 서 있기
도 힘들었다. 힘이 점점 빠져 정신을 차리려 노력했
다. 그 또한 쉽지 않았다.

낯선 느낌에 눈이 번쩍 뜨였다. 놀란 수희를 진정시
켜 줘야 하는 진영이 이렇게 나오니 속수무책이었다.
결국 벗어나기 위해 그를 때리기 시작했다. 어서 정
신 차리라 말할 입은 막혔으니, 부지런히 손을 움직였
다. 숨을 쉴 수 없음에 마지막으로 있는 힘껏 밀어냈
다. 그러나 이성을 잃은 남자는 여자의 힘으로 밀어낼

186

수 없었다. 아주 잠깐의 틈이었다. 그의 힘이 잠깐 느슨해졌을 때 있는 힘껏 그의 뺨을 때렸다. 그제야 밀려난 그는 거칠게 호흡했다. 수희는 그 자리에 주저앉아 울었고, 진영은 서서히 제정신으로 돌아와 울고 있는 수희 앞에 무릎을 꿇고 아무 말도 하지 못했다.

그 상황에 무엇이 그를 이토록 화내게 한 것일까? 수희는 또한 뭘 잘못한 건지 알 수가 없었다. 무섭고 겁에 질려 아무 말도 할 수 없었다. 당연히 달래 주려 온 것이라 믿었던 진영의 변화는 수희를 혼란스럽게 했다. 이미 벌어진 일에 대해 진영, 수희 어느 누구도 섣불리 말을 꺼내지 않았다. 그는 아무 말도 없이 무릎을 꿇은 자세로 앉아 있었고, 수희는 주저앉은 체 얼굴만 가리고 있었다. 눈물은 멈출 수 있었다. 떨리는 몸까지는 어떻게 하지 못했다. 하교 시간 종이 울렸을 때 수희는 그를 보지 않고 교실을 빠져나왔다. 담임은 말도 없이 교실을 이탈한 수희와 진영에게 벌점을 주었다. 헝클어진 머리와 구겨진 수희의 옷차림의 이유를 물어보았고, 수희는 아무 일도 없었다며 자리로 돌아가 앉았다.

진영의 집으로 가고 싶지 않았다. 그래서 나의 집으

로 갔다. 한창 공사 중인 게 멀리서도 보여 어쩔 수 없이 진영의 집으로 왔다. 현관에서 현경의 인기척 소리에 눈물이 날 것 같아 아무 말도 하지 못하고 방으로 들어온 것이었다. 뒤에 진영이 있는 것을 알은체하기엔 너무 힘들었다.

현경은 모든 이야기를 다 듣고 수희를 안아주었다.

"말한다고 고생 많았어. 힘들게 말을 시켜서 미안하구나. 그래서 수희는 어떻게 하고 싶니?"

"모르겠어요. 종호보다는 진영이 걸려있는 거라 크게 키우고 싶지 않아요. 진영도 실수를 인정하는 것 알지만, 제가 이 상황이 너무 힘들어요."

"미안해. 내가 사과 할게. 내 아들이 널 힘들게 하는구나."

그날 밤은 현경과 함께 잠들었다. 수희는 쉽사리 잠들지 못하고 자는 동안에도 벌벌 떨었다. 울기도 하는 모습에 현경은 한참을 곁에서 지켜보고 있어야 했다. 잠시 후 깊이 잠든 수희를 두고 거실로 나왔다. 거실에서는 석민이 술을 마시고 있었다. 현경과 눈이 마주치는 순간 바로 입을 열었다.

"이야기는 들었소?"

착잡한 심정으로 묻는 그에게 수희가 한 말을 했고, 그는 아무 말도 없이 마른세수만 했다.

"결국 진영이 사고를 쳤군."

"어려서 그런 거죠. 연애는 처음이다 보니 앞뒤 분간을 못 한 거고, 잘못을 빌어야 한다면 못 가르친 저희 잘못이죠."

"연애를 어떻게 가르쳐? 내가 당신에게 하는 걸 봤으면 지가 그러면 안 되는 거지. 어떻게 자기 여자를 상처 줄 수 있어? 어떻게 수희를 못 믿어도 유분수지. 그게 뭐 하는 짓이야?"

2층에서 물을 마시려 내려오던 진영은 부모님의 대화를 듣고 할 말을 잃었다. 부모님에게라도 용서를 빌고 싶어서 두 사람 앞에 다시 무릎을 꿇고 앉았다.

"아버지, 엄마, 저 한대만 아니 몇 대라도 좋으니까 때려 주시면 안 돼요?"

"왜? 네 맘 편해지자고?"

석민의 말에 진영은 고개를 숙였다. 평소엔 말이 없는 아버지의 꾸짖음에 더욱 어떤 죄를 진 건지 알 수 있었다.

"잘못했습니다."

"사과는 우리한테 할 필요 없다. 본인한테 해야지. 본인이 받아주지 않는다면 네 사과는 무용지물인 거야."

진영은 답답했다. 어떻게 해야 할지 몰랐다.

"저는 이제 어떻게 해야 해요?"

"그걸 왜 우리한테 묻니? 네가 알아서 할 문제다. 네가 친 사고니, 네가 해결해야지."

석민은 자리를 박차고 일어났고, 현경 역시 진영의 시선을 피했다. 진영은 밤이 새도록 그 자리에 있었다. 우연히 이야기를 들었던 큰형이 그를 지켜보다 다가왔다. 한참 그를 지켜보던 큰형은 이내 마음을 굳힌 다음 진영의 뺨을 세게 때렸다.

"정신 차려! 이진영."

형의 뼈 있는 한 마디와 그나마 얼굴이 돌아가도록 맞은 한대가 진영에게는 위로가 되었다. 동시에 정신도 차리게 해주었다.

'내 식으로 해야지. 이제껏 지켜준 대로 하면 돼. 수희한테는 평생 용서를 빌어야지. 내가 잘못한 거니까.'

다음 날, 식사하는 식탁 위는 조용했다.

"수희야, 집이 수리가 끝났다고 하더라. 그런데 종호 그 아이 문제도 있으니, 당분간은 여기서 다녔으면 하는데 네 생각은 어떠니?"

"집으로 돌아가는 건 위험 할까요?"

"아무래도 그렇지 않을까? 혼자 있다가 무슨 일 생기면 큰일이잖니? 게다가 거긴 산 속이라 도움 청할 곳도 없을 텐데 그땐 어쩌려고?"

선택사항이 너무 좁았다. 수희는 할 수 없이 진영의 집에서 좀 더 머무르기로 했다. 그날 이후 매일 아침은 석민이 태워주었다. 만일의 경우를 하나라도 줄이기 위함이었다. 학교 안은 진영을 믿는 수밖에 다른 방법이 없었다. 그러나 진영도 한시도 빠짐없이 곁에 있을 수 있는 것은 아니었다. 교내 활동도 있고, 담임이 일을 빠릿빠릿하다고 그를 자주 불렀기 때문이다.

"야, 담임이 오란다."

오늘도 어김없이 부르는 소리에 한숨이 새어 나왔다. 수희를 한 번 보고 서둘러 교무실로 갔다. 사고는 그때 터졌다.

수희는 조금 멀리서 들려오는 발소리가 진영이라고 생각했다. 최근 들어 진영은 뒤에 바로 따라 걷지 않고, 멀찍이 걸었기 때문이다. 그래서 실습장으로 들어가면 문을 살짝 열어두는 버릇이 생겼다. 행여 내가 걱정돼 들어오지 못하는 진영을 위해서 말이다. 매번 진영은 수희가 들어오고 5분 뒤에 실습장으로 들어왔다.

그림 도구를 정리하며 막 시작하려는 데, 문이 닫히는 소리가 났다. 진영이 왔나 보다 생각하고 자세를 잡고 앉았다. 그런데 잠시 후 들리는 '딸깍'거리는 소리에 심장이 미친 듯이 뛰어대기 시작했다. 그날의 악몽이 되살아나고 있었다.

"진영아! 문 잠그지 마. 나 무서워."

아무런 대꾸 없이 뒤로 가까워지는 발걸음에 더욱 긴장되었다. 뒤에서 느껴지는 위화감은 진영이 아니었다. 그의 발걸음 소리도 뭣도 아닌 낯선 이의 소리였다.

'누구지?'

손바닥이 땀이 배어 나와 그만 연필을 떨어뜨리고 말았다. 그때 들리는 음성은 종호였다. 그가 서서히 다가오고 있었다. 본능적으로 칼을 빼 손에 쥐었다.

"잘 지냈어? 너무 보고 싶었다. 나는 진영처럼 그렇게 무례하게 안 해. 내가 그놈이 남긴 트라우마 말끔히 씻겨 줄게."

"싫, 싫어."

"말까지 더듬냐? 너무하네."

걸음 소리가 더 이상 들리지 않았다. 종호는 그 자리에 서서 수희가 돌아볼 때까지 기다렸다. 이 이상 겁을 주면 울 것 같아서 그러지 못했다. 문을 잠근 건 저번처럼 진영이 와서 고백을 방해할까 봐서였다. 그런데 진영으로 인해 오히려 '딸깍'소리가 트라우마로 자리 잡았나 보다. 수희는 천천히 일어나 뒤를 돌았다. 하필 수희의 손에 칼이 들려있었다.

"내가 그 정도로 싫어?"

"네가 먼저 내게 겁을 주고 있잖아."

수희는 어이가 없었다. 아까와는 전혀 다른 말투의 종호가 낯설어 어떻게 반응을 해야할지 헷갈렸다.

"미안해. 문 잠근 건 미안하다. 진영이 또 방해하면 다시는 기회가 없잖아. 그래서 그랬어. 싫으면 지금 문 열게. 저기, 있잖아. 나하고 피아노 연습실 한 번만 가주면 안 돼?"

"싫어."

"왜?"

"널 어떻게 믿고?"

종호는 지난 일을 회상하더니 이내 후회하는 표정을 지었다.

"그때는 내가 뭘 몰랐어. 다른 여자애들은 오히려 더 좋아했어. 네가 이 정도로 싫어할 줄 알았으면 절대 안 했을 거야. 진짜 내가 경솔 했어. 내가 저 벽 쪽으로 갈게. 너 여기 있어. 칼 좀 내려놓고."

"하고 싶은 말이 뭐야?"

종호는 안주머니에서 전에 봤던 메모지를 꺼내 펼쳤다.

"나 너 진짜 좋아해. 이건 진심이야. 저번은 내가 실수야. 아니 잘못했어. 다시 그런 일 없을 거야. 오늘 하루만 내게 시간을 주라. 많이도 필요 없어. 30분만? 응?"

"싫어. 네가 무엇을 하든 나는 너한테 관심 없어. 너한테는 화도 안 나."

"아, 그렇구나."

종호는 잠시 어떻게 하면 진심이 전달 될지 생각했다.

"그럼 내일 점심시간 때 잠깐만 시간 내주면 안 돼?

장소는 네가 정해. 내가 그리로 갈게."

잠시 말을 멈추고 어떻게 말할지 고민했다.

"솔직히 이제껏 만난 애들은 내가 먼저 좋아하기보단 고백을 받은 적이 대부분이었지. 그래서 나는 너도 똑같을 거라 생각했어. 바보 같게도 연애를 그렇게 많이 해봤는데, 사실은 제대로 된 연애를 해 본 적이 없었나 봐. 미안해. 진짜 나 한 번만 제대로 봐주면 안 돼?"

"안돼. 우린 첫 단추가 잘못되었어. 네 말을 빌리자면 처음부터 실수고, 지금도 실수하고 있는 거야. 다음에 누굴 만나도 허락 없이 뭘 하려고 하지 마! 네 기준에 상대방을 평가하지 마. 모든 사람이 다 똑같지 않아."

"그래. 그렇구나. 그러면 나는 완전히 기회가 없는 거네?"

"없어."

"알았어. 그런데 진짜야. 나 너 좋아해. 앞으로 이런 일은 절대 없을 거야. 그렇다고 널 향한 내 마음을 접은 거 절대 아니야. 졸업하기 전에 꼭 다시 한번 고백할 거야. 그때는 평범하게 할게. 나름대로 연구해서 말이야."

머쓱하게 웃던 종호는 표정 없는 수희를 보고 웃음을 거뒀다.

"갈게. 그래도 내 말은 들어줘서 고마워."

종호가 나가고 수희는 의자에 주저앉았다. 긴장이 풀린 다리가 후들거렸다.

담임이 시킨 일이 생각보다 많아서 수희를 오래 혼자 두고 말았다. 진영은 뛰듯이 실습장으로 갔다. 막 코너를 돌았을 때 종호와 딱 마주친 진영은 불안한 생각이 들었다. 일단 수희가 안전한지가 더 중요했다. 종호는 그다음이다. 그를 지나쳐 가려는데, 종호가 붙잡았다.

"나하고 잠깐 얘기하자."

전과 달리 무례하지 않은 말투에 진영은 의외라는 생각이 들었다.

"일단 수희가 안전한지 확인하고, 너는 그다음에."

"수희한테는 아무 짓도 안 했어. 그냥 얘기만 했어."

"그건 네 얘기고, 나는 수희를 봐야겠어."

"알았어. 그러면 운동장 벤치 있는데로 와라."

진영은 대답도 하지 않고 종호를 지나 실습장으로

뛰어갔다. 문이 열린 실습장에 수희가 망연자실한 모습으로 의자에 앉아 있었다.

"수희야."

그녀의 시선이 천천히 내게로 향했다. 진영을 보던 수희의 눈에서 눈물이 떨어졌다.

"어디 갔었어? 나 무서웠는데!"

진영은 그녀를 품에 안았다.

"미안해. 미안해. 수희야. 널 혼자 둬서 미안해."

수희는 진영의 품에 안긴 후에야 진정할 수 있었다. 그의 사과는 들리지도 않았다. 종호와 있을 때 만일 생길지도 모르는 위험에 긴장하고 있던 몸은 쉽게 진정되지 않았다. 이까지 부딪히는 떨림에 진영은 쉴새 없이 등을 쓰다듬었다. 지난 번에 그 일이 있었음에도 여전히 자신을 의지하는 수희에게 감사했다. 자신의 품에서 조금씩 안정을 찾아가던 수희는 한참 지나 품에서 떨어졌다.

"나, 이제 괜찮아. 고마워. 진영아."

"응. 다행이다. 나 종호 그놈이랑 잠깐 이야기하고 올게. 그때까지 혼자 있을 수 있어? 아님, 교실로 가 있을래?"

"여기 있을게. 대신 일찍 와."

진영이 운동장으로 간 건 꽤 시간이 흐른 뒤였다.
늦은 시간에도 종호는 약속한 장소에서 기다리고 있
었다.

"나하고 할 얘기가 뭐야?"

"나 수희가 진짜 좋다. 정말이야."

"그런데?"

"졸업식 때 나 다시 고백할 거야. 만약 그때까지도
네가 너희 둘이 지금 이대로라면 나는 내 계획대로
할 거야."

"그걸 왜 나한테 얘기하는 거지?"

진영의 눈빛이 날카롭게 변했다.

"두 가지 이유야. 첫째는 정말 내가 수희를 좋아하
기 때문이고, 나머지 하나는 너한테 기회를 주는 거
야. 이유는 네가 스스로 찾아가고. 내 얘기는 여기까
지야. 간다."

종호는 미련 없이 자리를 떠났다. 그의 뒷모습을 보
는데, 괜한 한숨이 새어 나왔다. 종호가 말한 이유는
알고 있었다. 자신의 마음은 진작에 알았다. 그러나

아직은 수희와 연인이 되고 싶지 않았다. 지금 수희 곁에 있을 사람은 남자 이진영이 아니라 친구 이진영이 필요하다는 생각이 더 강했기 때문이다. 단지 다른 사람에게 뺏기기 싫어서 고백하는 짓은 절대 하고 싶지 않았다.

애꿎은 돌을 발로 차며 이래저래 한심한 나에게 한숨을 쉬었다. 그러다 실습장에서 나를 기다리는 수희가 생각 났다. 지금은 지금 해야 할 일이 있었다. 실습장으로 들어가니 아까 헤어진 그 자세 그대로 기다리고 있었다. 실습장을 정리하고 수희에게 손을 내밀었다. 그녀는 한치의 망설임도 없이 다시 내 손을 잡았다. 지금은 이걸로 충분했다. 다른 것은 바라지도 않는데, 강요 받는 기분에 생각이 많아졌다.

"다녀왔습니다."

집에 도착한 수희는 현경에게 오늘 종호가 말한 것을 전달했다. 현경은 그제야 안심했다.

"다행이네. 그 아이도 사정이 있었구나. 너는 어때?"

"뭐가요?"

"처음으로 남자애가 너한테 고백한 거잖아. 기분이

어떠냐고?"

"모르겠어요. 종호는 시작도 끝도 제멋대로여서 싫고 좋고 없이 그냥 무서웠어요. 그래서 고백이라고 생각이 들지 않아요."

"그래, 그렇겠네. 그 생각은 못 했어. 이제 집으로 가도 되겠네."

"네. 그동안 감사했습니다."

다음날, 수희는 집으로 돌아갔다. 오랜만에 돌아간 집은 완전히 변해 있었다. 더 이상 초가도 아니었고, 현대식 건물이었다. 잠깐 사이에 이렇게 변할 수 있나 의심스러울 정도였다.

"삼촌! 이게 무슨 일이에요?"

"처음에 손을 댔는데, 집이 오래되어서 그만 무너졌어. 그래서 어쩔 수 없이 다시 지은 거야. 안에 가구는 붙박이로 만들었어. 마음에 드니?"

"네. 마음에 들어요. 감사합니다."

그들이 돌아간 후 집을 구경했다. 방은 똑같이 두 개였다. 하나는 조금 컸고, 하나는 작았다. 처음으로 밥상이 아니라 진영의 집에 있던 책상처럼 의자가 있는 책상이 생겼고, 이불장이 생겼다. 더 이상 화장실을 가기 위해 밖으로 나갈 필요도 없어졌다. 혼자 살기에 아늑한 공간이었다. 사실 밤에는 창호지 문으로 들어오는 바람이 무서웠다. 비가 오는 날이면 항상 할머니 품에서 잤었는데, 그러지 못해 할머니 방에서 뜬눈으로 밤을 새우고 학교에 간 적도 있었다. 그런데 이제는 불안한 생각 따위 할 필요 없이 잘 수 있게 되었다.

잠기는 문이 있어 좋았다. 이제는 걱정 없이 잘 수 있겠구나 싶었다. 그러나 이 문을 열어줄 수밖에 없는 사람도 있었다.

"류수희 너 어딨어?"

현관문이 부서져라 두드리는 준호, 아버지였다. 며칠 보이지 않아 걱정이라도 했을까? 상을 탄 날도 아닌데, 찾아왔다. 반가운 마음에 얼른 나가 문을 열었다. 술을 마시지 않은 아버지는 처음이었다. 눈이 마주친 그는 나를 밀치고 집 안으로 들어왔다.

"잘 산다. 나 없어도 아주 잘 살아. 팔면 돈 좀 되겠다. 잘 관리해라."

집안 곳곳을 살피며 하는 말은 썩 듣기 좋은 말은 아니었다. 이 날은 준호가 방문한 이래 처음으로 폭력과 폭언이 없던 유일한 날이었다. 어쩌면 진영과 석민 같은 부자지간처럼 지낼 수 있을지도 모른다는 기대가 생겼다. 그러나 나의 기대는 내가 입상을 한 순간 와장창 무너졌다.

그날도 어김없는 날이었다. 상을 타온 날 준호는 찾아왔고, 현관문을 부수고 들어왔다. 거실에서 속이 풀릴 때까지 때렸다.

"아버지. 이러지 마세요. 저 아파요."

처음 그리 불러 보았다. 그는 수희가 자신을 부른 순간 주먹질을 멈췄다. 잠깐의 정적은 희망이었다.

"어디서 아버지래? 이 년이 미쳤나. 그 더러운 입으로 다시 한번 아버지라고 부르기만 해봐. 너 같은 자식 없어. 나한테 자식은 아들 둘밖에 없어. 너는 그냥 도둑년이야."

그의 속마음을 들어서 였을까? 더 이상 준호가 아버지라는 생각이 들지 않았다. 그녀에게 아버지는 처음부터 없었던 것이다. 준호는 아버지라는 소리를 듣는 순간 이성을 잃고, 온 집안을 난장판으로 만들어 놓았다.

아파서 울었을까? 슬퍼서 울었을까? 밤새도록 울던

수희는 그날 학교를 가지 못했다. 오후쯤 전화벨이 울린 것 같다. 꿈인지 생시인지 분간되지 않을 만큼 아팠다. 연락이 되지 않는 수희를 찾아 집에 온 진영과 담임은 거실에서 식은땀을 흘리는 수희를 발견했다. 병원에서 진료 후 의사는 심각하게 담임을 불렀다.

"환자분과 어떤 사이이십니까?"

"담임 선생님입니다."

"아무래도 가정 폭력이 의심됩니다. 여길 한번 보세요? 옷 안쪽이 다 멍투성이예요. 오래된 멍도 있는 것으로 보아 지속적으로 맞은 것 같습니다. 저희는 신고 의무가 있기 때문에 지금 담당 부서에서 신고 절차 진행 중입니다."

"……"

밖에서 이 상황을 듣고 있는 진영은 이제껏 제일 가까이 있으면서 알지 못했다고 자신을 탓했다. 그제야 가끔 수희가 아파하던 게 생각난다. 그때도 입상한 다음 날이었던 것 같다. 매번 입상을 하면 아파하던 수희. 그렇다는 건 그녀가 상을 탈 때마다 와서 때렸다는 말이 된다.

"선생님, 잠깐만."

진영은 자기가 느꼈던 부분을 말했고, 담임은 한숨을 쉬었다. 수희는 저녁이 되어서야 겨우 정신을 차렸다.

"으흐, 아파."

"깼니? 수희야?"

눈을 뜨니 현경이 자신을 보고 있었다. 진영은 한쪽 귀퉁이에 서서 내 쪽을 보기만 할 뿐 오지는 않았다.

"야, 너 왜 거기 있어?"

진영의 표정을 풀어주고 싶어 웃었다. 그러나 진영의 표정은 풀리지 않았다. 그때 현경이 내 손을 잡으며 다가왔다.

"왜 말 안 했어? 몸이 이 지경이 되도록 맞고 있었던 거야?"

"네?"

머리를 빠르게 굴렸다. 준호가 다녀가고 기억이 없었다. 울었던 것 같은데, 잠이 들었던가?

"이모, 오늘 며칠이에요?"

"너 꼬박 이틀을 잤어. 아직 아프지?"

"아, 아버지!"

"그게 무슨 아버지야. 그놈은 아버지도 아니야."

현경과 대화를 하던 중에 여경이 왔다. 그녀는 현경

만 동행한 상태에서 사진을 찍었다. 속옷만 입은 채 사진을 찍어대는 여경 앞에 있는게 어색하고 무섭기도 했다. 불안한 마음을 헤아려 현경이 손을 잡아주었다.

"수희 양, 고생했어요. 아마 아버지와 대면하는 경우는 없을 거예요. 이 이후에 거처는 현경 님과 석민 님이 가정 위탁해 주기로 하셔서 그 집에서 거주하시면 됩니다. 아직 미성년자라 혼자 살면 안돼요."

"아, 네."

그렇게 둘은 다시 한집에 살게 되었다. 집으로 돌아간 지 4개월만이었다. 석민, 현경과 함께 짐을 가지러 집에 도착했을 때 완전 엉망이었다. 현관문 유리는 다 부서져 있었고, 거실은 준호가 부순 건지 할머니의 액자에 유리까지 깨져 나뒹굴고 있었다.

"이게 무슨 일이야? 이게 어찌 사람이 할 짓이냐고?"

현경은 수희를 데리고 밖으로 나갔다. 바닥에 유리 파편이 있어서 위험해 보이기도 했고, 솔직히 교과서 외에 이 집에서 챙겨갈 것은 없어 보였다. 그는 방 안까지 뒤져 난장판을 만들어 놓았다.

"이사를 해야겠구나. 집은 인부를 불러서 청소를 시켜야 되겠고, 챙겨갈 수 있는 것은 내가 챙겨가마. 잠깐 밖에 있거라."

현경과 밖에 서 있던 수희는 준호가 부숴 버린 나의 공간을 보며, 이제 진짜 고아가 된 것 같은 기분이 들었다. 어차피 준호는 출소를 할 것이고, 다시 위협의 존재가 될 것이다. 그 기간이 얼마나 될지는 모를 일이다. 재판을 받고 출소하면 다시 불안한 삶으로 돌아가는 건 당연한 순서라는 생각이 들자 몸이 떨려왔다.

"수희야, 걱정하지마. 이모가 지켜줄게."

진영과 그의 부모님은 든든한 지원군이었다. 그들이 없었다면 어땠을까? 평생을 준호의 폭력 아래 살았을까? 아니 처음부터 그림을 그릴 생각도 못 했으니, 이 집에 혼자 평생 살았을까? 괜히 기분만 망쳐버렸다. 망가져 버린 집 때문이었다.

늘 그렇든 안방에서 현경과 같이 생활하기로 했다. 그래도 한 달이라는 시간 동안 생활했다고 편했다. 진영의 집에서 생활한지 이제 6개월이 되어간다. 졸업식이 얼마 남지 않았다. 그사이 많은 게 변해버렸다. 수희의 집은 폐가가 되었고, 현경과 석민은 수희의 할머니는 물론 어떻게 아셨는지 수희도 몰랐던 엄마의

기일을 챙겨주었다. 그뿐만 아니라 현경은 예전 약속
대로 수희를 위한 대학 추천서를 써 주어 원하는 대
학에 전액 장학금을 받고 다닐 수 있게 되었다.

"감사합니다."

"감사하면 더 열심히 하면 돼. 가서 네가 하고 싶었
던 거 다 배우고, 더 큰 꿈을 꿔. 알았지?"

수희는 현경을 꼭 껴안았다. 겨울 방학이 시작되고,
졸업식을 앞둔 한 달 전부터 진영은 똥 마른 강아지
처럼 안절부절못했다. 그동안 연애 상담했던 작은 형
이 군대에 가버려 더 답답했다. 큰형에게 말하기는 쪽
팔렸고, 연애 경험은 없는 철수에게 털어놓기엔 미안
했다.

"진영아, 무슨 일 있어?"

석민은 그런 아들이 마냥 귀여우면서 걱정되기도
했다. 어떤 고민이든 분명 수희와 관련된 것은 분명했
다. 대학을 고를 때도 오로지 수희가 가는 곳이라고
말하던 단순한 놈이었기 때문이다.

"아부지?"

참 오랜만에 불리는 아부지였다. 국민학교 이후로
아버지라 부르던 녀석이 갑자기 친근하게 부르니 꽤

큰 고민인 듯해 걱정도 되었다.

"응. 뭐야?"

"저, 어떡해요? 이제?"

"뭐가 말이냐?"

진영은 주위를 둘러보더니, 석민을 끌고 방으로 들어갔다. 그러고는 문까지 잠그고는 문에서 가장 먼 침대 구석으로 가서 앉았다.

"졸업식 전에 수희에게 고백해야 해요. 안 그러면 작은형 말대로 다른 놈한테 뺏겨요. 어떡해요?"

"그게 무슨 말이냐?"

"종호 그 자식이 그랬거든요. 졸업식 때 고백할 거라고. 그 전에 몇 번이나 말하려고 했는데, 입이 떨어지지 않아서 못 했어요. 뭐라고 말해야 하는지도 모르겠고, 괜히 분위기 잡으면 수희 눈이 흔들거리는 게 불안해 보이기도 하고요. 제 잘못 때문인 건 아는데, 그래도 다른 놈이 수희 옆에서 남자 친구 되는 건 싫어요. 저 어떡해요?"

석민은 아들을 보며 고개를 저었다. 물에 빠진 생쥐처럼 겁먹은 게 걱정되고, 한심하기도 했다.

"자, 둘 중 하나만 생각해. 수희는 어쩌고 싶을까?"

"네?"

"이미 종호를 한 번도 아니고 두 번이나 거절했다. 그 사이에 종호와 수희 사이에 변화가 있니?"

"아니요."

"그러면 수희는 종호를 어떻게 생각할까?"

진영의 얼굴에 화색이 돌았다. 역시, 아버지는 달랐다.

"안…되겠죠?"

석민은 진영에게 숙제만 던져주고 일어났다. 자식이나 연애사까지 관여하고 싶지는 않았다. 둘 문제는 둘이서 해결해야 했다. 그러나 그저 뺏긴다는 생각만 하면서 전전긍긍하는 아들이 떠밀려 고백해 또 실패하는 꼴은 보고 싶지 않았다.

드디어 졸업식. 졸업생 대표로 종호가 연주를 시작했다. 본인이 이번에 졸업 작품으로 발표한 곡이라며 사랑하는 사람을 위해 만들었다는 아름다운 곡이 강당을 가득 울려 퍼졌다.

"놀라지 마. 수희야."

언제 왔는지 내 옆으로 온 진영이 속삭였다. 놀란 수희가 동그란 눈으로 진영을 바라보았다. 진영은 한

참 연주를 하고 있는 종호의 귀에도 들릴 정도로 큰 목소리로 소리쳤다.

"이진영은 류수희를 좋아한다."

순식간에 강당의 모든 사람들의 시선이 진영과 수희에게로 향했다. 뒤쪽에 서서 졸업식을 지켜보던 부모님과 가족들까지 모두 숨을 죽였다. 진행 순서에도 없는 학생의 고백에 교사들은 황당하기까지 했다. 개교이래 졸업식 날 고백하는 학생은 처음이었다. 그때 연주를 하던 종호의 피아노 선율까지 멈추자 강당은 쥐 죽은 듯이 조용해졌다. 잠깐의 정적은 마치 진영에게 기회를 준 듯했고, 진영은 수희를 바라보았다.

"수희야, 나 너 좋아."

"어?"

당황한 수희만큼 당황한 선생님들이었다. 그러나 학생들에게 이 사고는 이벤트였고, 즐거움이었다. 어디선가 들리는 휘파람 소리와 함께 박수가 터졌다. 그때 누군가가 소리쳤다.

"수희야, 대답해야지."

학교에서 진영이 수희를 좋아한다는 것을 모르는 사람은 없었다. 그랬기에 모두 진영을 응원했다. 수희는 그제야 진영을 오롯이 봤다. 그리고 겨우 입 모양으로 대답했다. 그 모양을 읽은 반대편 학생이 소리쳤다.

"나도래. 진영아, 축하한다."

학생들의 함성 소리가 점점 커지자, 그제야 사태 수습을 하기 시작한 선생님은 학생들을 진정시켰다. 이내 삽시간에 조용해진 강당. 선생님은 종호에게 연주를 계속하라고 했으나 종호는 할 수가 없었다. 자신이 만들어 놓은 멋진 프러포즈 순간을 오히려 진영이 낚아챈 것에 대해 화도 나고 짜증이 났다. 이런 식으로 할 줄은 몰랐으나 오늘이 그에게도 D-Day가 될 거라는 예상은 했었다.

"선생님, 다른 곡 연주해도 돼요?"

"왜?"

"방금 이 곡의 주인공이 남자친구가 생겨서 더 이상 연주해 줄 수가 없거든요."

당황한 선생님은 한숨을 쉬었다. 사태 수습이 불가능했다. 이미 진영의 공개적인 고백으로 강당은 떠들썩했고, 맨 앞줄에서 종호의 말을 들은 학생들이 수군거림으로 인해 다시 강당은 시끄러워졌기 때문이다. 선생님들은 종호의 연주가 끝나자마자 학부모님과 내빈들에게 사과를 해야했고, 졸업식 후 진영은 교무실에서 폭풍 잔소리를 들어야 했다. 현경과 석민, 그리고 두 형은 고개를 들 수도 없었다. 부끄러움에 결국 가족들은 진영과 수희를 두고 집으로 가버렸다.

진영은 한참 전에 끝난 졸업식으로 텅 비워 있는 교실들을 지나 반으로 갔다. 교실에는 아무도 없었다. 수희마저 집에 가버렸다는 사실이 못내 아쉬웠다. 이럴까 봐 고백하고 싶지 않았다. 수희는 주목 받는 것을 싫어했고, 관심의 대상이 되는 것을 부담스러워했다. 그러나 아무것도 안하고 싶지 않았다. 오늘 종호가 고백을 했더라도 수희와 종호의 관계가 달라지지는 않았을 것이다. 그런데도 진영이 이 이벤트를 진행한 이유는 하나였다. 만약 수희가 주목 받을 일이 생긴다면 종호가 아니라 차라리 내가 되자고 말이다. 어차피 자신이 수희를 좋아하는 것은 전교생이 알았다. 그래서 특별한 이벤트가 되지 않을 거라는 예상을 했다. 그러나 수희의 '나도'는 뜻밖에 성과였다. 그때가 생각나자 괜히 웃음이 났다.

"뭐가 그리 기분이 좋아? 이진영?"

깜짝 놀랐다. 아무도 없을 거라는 빈 교실에 수희가

들어왔다. 언제부터 보고 있었는지 교탁 앞에 있던 수희는 조금씩 내 쪽으로 걸어오고 있었다.

"안 갔어?"

"응."

"왜?"

"밖에 비 와서."

괜한 기대감에 그녀를 쳐다봤다. 그녀의 말에 바라본 창 밖에서는 햇볕이 쨍쨍했다.

"비 안 오는…."

더 이상 아무 말도 할 수 없었다. 어느새 내 앞으로 성큼 다가온 그녀는 나를 뚫어져라 쳐다보고 있었다. 어쩐지 이제 말해보라는 듯이 들렸다. 모든 것을 다 안다는 표정에 어디서부터 말할까 고민이 되었다.

"수희야, 나는 네가 여자로 좋아. 하지만 네가 싫다면 나는 친구로 있어도 상관없어. 아까는 내가 이유가 있었어. 그러니까 부담 갖지 마. 너는 나에게 류수희이고, 나는 너에게 이진영이니까. 그건 어떤 이유를 대더라도 변함 없어."

말을 마친 진영은 수희 앞으로 한 걸음 다가섰다. 만약 그녀가 뒤로 물러난다고 하더라도 둘 사이에 변화는 없을 것이다. 그래도 두려움은 있었기에 눈을 감았다. 다섯까지 세고 눈을 떴을 때 수희는 그 자리에 있었다.

그것으로 답이 되었다. 손을 잡고 교문을 나왔다. 그런데 진짜 그녀의 말대로 비가 왔다. 우산이 없던 진영은 난감한 표정으로 하늘을 보고 있었고, 수희는 웃으며 그를 보고 있었다. 한참 하늘을 보던 진영은 결심한 듯 겉옷을 벗어 수희의 머리에 씌워주었다. 그리고 그녀의 손을 잡고 뛰었다. 비가 내리는 운동장 한쪽에는 여전히 해가 빛나고 있었다.

작가 기록

개인 저자

2022년 07월 01일 인연이란 반드시 / 미블 - 웹소설 현대 로맨스 출간

2023년 02월 10일 당신을 부르는 말, 사랑 / 퍼플 - 시집 출간

2023년 11월 07일 나쁜 연하 / G노벨 - 웹소설 현대 로맨스 출간

2024년 01월 16일 당신을 사랑하는 것만으로도 / 하루북 - 시집 출간

2024년 04월 19일 사랑을 부르는 이름들 / 작가와 - 시집 1집 리메이크 작 출간

2024년 06월 24일 단편 소설, 사랑을 표현하세요. / 작가와 - 단편 소설 6편 묶음

공동저자

2024년 01월 12일 우리의 2024년 / 포레스트 웨일

2024년 02월 29일 여러분의 명절은 어떤가요? / 포레스트 웨일

2024년 02월 08일 당신의 혼밥은 안녕한가요? / 작가와

2024년 04월 03일 '막걸리'로 전자책 만들기 / 작가와

2024년 04월 15일 작가와 낙서 이야기 / 작가와

2024년 04월 27일 막걸리 연가 / 작가와

2024년 05월 03일 이혼이야기 / 작가와 - 번역자로 참여

2024년 05월 20일 마음시집선 002 봄 / 마음

2024년 08월 05일 새벽이 오니 인연이 왔다 / 포레스트 웨일

2024년 08월 23일 시가 내리는 밤愛 / 작가와

2024년 08월 28일 마음시집선 003 바다 / 마음

내 옆에 앉은 아이

초판 1쇄 발행 2024년 10월 24일
초판 1쇄 인쇄 2024년 10월 24일

지은이   아루하

표지 디자인   최다솜
본문 디자인   포레스트 웨일
펴낸이   포레스트 웨일
펴낸곳   포레스트 웨일
출판등록   제2021 - 000014 호
주소   충남 아산시 아산로 103-17
전자우편   forestwhalepublish@naver.com

종이책   979-11-93963-54-8

아루하
Instagram: @such_a_poet

최다솜
Instagram : da.somnium
Mail : ds951216@naver.com